阅 读 日 本

（增订版）

— 陈平原 著 —

图书在版编目 (CIP) 数据

阅读日本 / 陈平原著 . —— 增订版 . —— 北京：生活·
读书·新知三联书店，2017.2 （2018.7 重印）
ISBN 978-7-108-05782-2

Ⅰ.①阅… Ⅱ.①陈… Ⅲ.①随笔 – 作品集 – 中国 –
当代 Ⅳ.① I267.1

中国版本图书馆 CIP 数据核字 (2016) 第 191978 号

责任编辑　卫　纯
装帧设计　张　红　朱丽娜
责任校对　龚黔兰
责任印制　宋　家
出版发行　生活·讀書·新知三联书店
　　　　　北京市东城区美术馆东街22号
邮　　编　100010
经　　销　新华书店
网　　址　www.sdxjpc.com
排　　版　北京红方众文科技咨询有限责任公司
印　　刷　河北鹏润印刷有限公司
版　　次　2017年2月北京第 1 版
　　　　　2018年7月北京第 2 次印刷
开　　本　787毫米 × 1092毫米　1/32　印张 9.5
字　　数　178千字
印　　数　5,001–8,000册
定　　价　42.00元

（印装查询：010-64002715；邮购查询：010-84010542）

目录

《阅读日本》增订版序

屈指算来，初次刊行《阅读日本》（沈阳：辽宁教育出版社，1996年），已经是二十年前的旧事了。十年前，华中师范大学出版社推出"文化名人看世界"的"印象系列丛书"，先有朱自清的《欧洲印象》、季羡林的《德国印象》、柳鸣九的《法国印象》，为了补缺，出版社邀我从《阅读日本》中选择若干篇配图，编成一册《日本印象》。这回的增订版，算是第三回出演，希望就此一锤定音。

说实话，这册谈论日本的小书，既非学术著作，也不是旅游指南，只是个好奇的读书人"行万里路"时的随笔札记。正如《初版后记》所说，"不管此前还是此后，我都不是、也不敢冒充是日本学专家"。此次增订，虽颇多补充，也仍不脱"清新却浅陋"的基本面貌。

前三辑没有变化，忠实于当初的感觉，是非对错，一律不改。原先凑数的第四辑，这回仅保留"结缘小集"四个字，其余全部解散。补充进来的九则短文，都与正题相关，总算排除"挂羊头卖狗肉"的嫌疑。至于记录年初四国之行的第五辑，则是道地的"新鲜出炉"。

书中所收各文，写作时间最早的，当属撰于1990年6月的《今夜料睹月华明》《春花秋月杜鹃夏》《书卷多情似故人》。这三则随笔，是我第一次旅日归来的习作，走马观花，兴奋不已，真诚但浅薄。作为我"阅读日本"的前史，依旧值得保留。至于"阅读"之后，偶尔撰写涉及日本的文章，那都是学术交流的副产品。

几年前，我在《国际视野与本土情怀——如何与汉学家对话》中谈及："二三十年前，中外学者交流少，见面难，一旦有机会，都渴望了解对方。于是，努力表白自己，倾听对方，寻求共同研究的基础，在一系列诚恳且深入的'对话'中，互相获益，且成为长期的朋友。现在国际会议多如牛毛，学者们很容易见面，反而难得有推心置腹的对话。不是就文章论文章，就是为友谊干杯，不太在意对方论文之外的'人生'。至于只看重对方的身份、头衔、象征资本等，那就更是等而下之了。"(《读书的"风景"—大学生活之春花秋月》，北京大学出版社，2012年，第264—265页)很高兴我"阅读日本"的主体部分，形成于交流尚属难得、风气也未变化的二十多年前，各方的"表白"与"倾听"都很真诚。那时中日关系很好，普通民众没有那么多解不开的心结，学者之间更是相互理解与支持。

正因此，初版《阅读日本》整体形象"很阳光"。除了时代氛围，还有个人经历。我应日本学术振兴会邀请，以北大教授身份赴日，颇受优待，自然更多地看到日本社会及学界美好的一面。也曾听到留学生吐槽，可我对他们的委屈与愤慨体会不深，无法代言。阅历如此，加上明确的问题意识——为自家疗病，而不是为他人开药方——致使我更多地谈论日本的好处。《初版后记》中，我引用鲁迅《〈出了象牙之塔〉后记》，称"并非想揭邻人的缺失，来聊博国人的快意"，那确实是当初的写作思路。直到今天，我仍持此立场。其中的关键，我并非日本学专家，偶尔"阅读日本"，主要目的是照镜子，正自家衣冠。毕竟，"自家有病自家知"。

今天的中国人，不知有多少还记得"文化震撼"(Culture Shock)这个词。20 世纪 80 年代，改革开放起步不久，中国的经济实力及生活水平与发达国家间距离很大，民众刚走出国门，面对完全陌生的花花世界，往往会有眩晕的感觉。这个词现在偶尔还在用，但已经没有那种切肤之痛了。须知 80 年代谈文化震撼，是包含痛苦、彷徨与反思的，如今则只是旅游标签，如旅游教育出版社刊行的《文化震撼之旅·日本》《文化震撼之旅·法国》等。

因有钱而不再低调的中国游客，成群结队走出去，自然是休闲观光加购物，再就是对异文化"痛下针砭"。这与我们当初的惶惑与心虚，见贤思齐、卧薪尝胆、奋起直追，已不可同日而语了。经过好几代人的不懈努力，中国人方才有今天这点挺直腰杆说话的底气。我不喜欢"三十年河东，三十年河西"的说法，因那好像是风水轮流转，明年到我家似的。其实，这一百多年的历史，九曲十八弯，好不容易有了今天这样的局面，若不体会此前的苦难与屈辱，以为一切都是应该的，也就不怎么懂得珍惜了。

我受五四新文化的影响，始终警惕鲁迅所讥讽的"爱国的自大"。历史悠久，文化灿烂，作为大国子民，中国人普遍抱有强烈的自尊心。而且，骨子里的"傲慢与偏见"，一不小心就会浮出海面的。对于这一点，国人必须有深刻的自我反省。在我看来，走出去，面对大千世界，还是以鉴赏为上。以中国现在的发展水平，还不到摆阔的地步；即便真的富裕了，最好也能做到波澜不惊。若"一阔脸就变"，未免显得太没文化、也太没出息了。理解并尊重那些跟你不一样的国度、民族、文化、风景，这既是心态，也是修养。

记得很清楚，1994年4月的某一天，在从小樽开往敦贺的海轮上，我连猜带蒙地读报，惊叹日本人无时不在的危机感——报上称，换一种统计方式，中国的经济实力已超过日本。过了十多年，具体说是2011年，这预言终于实现。这只是数字，可我深刻体会到两国民众心理的巨大变化。不说中国人为此"第二"所付出的代价（包括环境污染与贫富差距等），就说普通民众的生活质量及舒适度，与日本相比仍有很大差距——大城市不明显，你到乡村走走就明白。这也是我不改初衷，愿意修订重刊《阅读日本》的缘故。

在我看来，日渐富裕的中国人，需要自信，也需要自省，方才能不卑不亢地走出去。至于我自己，在很惬意地享受上几代人根本无法想象的生活便利的同时，"越来越怀念那种个体的、可辨认的、有温度且有感情的学术交流，以及那种剑及履及的低调的学术合作与教诲"（参见《"道不同"，更需"相为谋"》，2015年5月13日《中华读书报》）。说这段话，是有感于时代风气的变化。某种意义上，这个时候刊行增订版《阅读日本》，是在向多年前启迪过我的日本文化或帮助过我的日本学者致意。

当初为写《阅读日本》，我拟了好多题目，也做了不少资料准备。如今翻阅诸如"和服与羊羹""东洋车与博览会""大相扑与歌舞伎""水户黄门""泉岳寺里的说书碑""夏目漱石遗迹""徂徕碑与福泽墓""江户名所百图""作为游记作家的贝原益轩""栉冢、游女与三味线"等题目，以及相关笔记，依旧兴趣盎然。只是当初没能一鼓作气，回国后杂事繁多，匆匆将手头文章结集，再也没有时间与勇气续写。再说，时过境迁，年轻一辈的学识、见解与文采，均超过我当年的水平，也就不好意思再表演下去了。说到底，那是特定时间、特定境遇、特定心情下的产物。

此次增订，补充了各文出处，以见写作初衷，同时，向刊登拙文的《瞭望》《美文》《读书》《十月》《大地》《书屋》《中华散文》《二十一世纪》《鲁迅研究月刊》《书城》以及《文汇读书周报》《南方周末》《中华读书报》《人民日报》等报刊表达谢意。尤其需要致意的是《光明日报》和《东方》杂志，当初曾腾出宝贵的篇幅，连载我那些非文非学的随笔。

同时期撰写的相关随笔，以下三篇没有收入本书，有兴趣的朋友请参阅：《大学百年》（初刊于 1994 年 10 月 29 日《文汇读书周报》，后收入《老北大的故事》，北京大学出版社，2015 年第三版）、《中国教育之我见》（日文本刊《文》1994 年夏季号，中文本收入《学者的人间情怀——跨世纪的文化选择》，北京：生活·读书·新知三联书店，2007 年），以及《学术史·知识分子·民族主义——与东京大学渡边浩教授对话》（日文本刊《思想》1995 年第 7 期，中文本刊《现代与传统》第七辑 [1995 年 6 月]，收入《当代中国人文观察》，北京大学出版社，2010 年第二版）。至于收录曾入别的集子的《燕山柳色太凄迷》和《与鲁迅进行精神对话》，是为了话题的完整性，日后他书重刊，将加以调整。

书中附录了中岛碧教授的信札以及丸尾常喜教授的"年头诗"，是为了怀念两位故人。记得当初我将这些"年头诗"推荐给《美文》杂志刊发，丸尾先生很是高兴。至于为纪念中岛碧先生而在《中华读书报》刊发《共同研究是否可能》，并附录原信，得到了中岛长文先生的嘉许。

此次增订，保留初版的序言及后记。夏君的序言光彩依旧，自然只字未动；我的后记则颇有蛇足，因新书篇目调整，最后一段自我辩解显得多余。只是为了保持原作风貌，同样未作删改。

2016 年 3 月 26 日于京西圆明园花园

初版序

夏晓虹

读书人真是不可救药，"周游日本"最终变成了"阅读日本"，而且读后有感，写成文字，结集成书，这确是平原君一贯的作风。我不知道，假如在一个世纪前，我看到的会不会是"竹枝词"一类的纪事诗，当年出游日本的文人学者，没少为我们留下这些东西。如今，我们还可以借助黄遵宪等人的诗作，探知明治维新以后的日本曾经给予中国怎样的冲击。不过，值得庆幸的是，必须即席赋诗的时代已经过去，若要说清楚对于异国的感受，我觉得散文还是好过诗歌。黄遵宪之所以只能以《日本杂事诗》为《日本国志》的副产品，恐怕原因也在此。

据说，地球正在变小。"地球村"的说法使远隔重洋的国家都成了我们的近邻，传播媒介的进步，更让我们打开电视机，便可"目游"全球。古语所谓"秀才不出门，便知天下事"，好像确已成为现实。如此说来，了解他国在今日并非难事。但这其中不无误会。距离感的接近其实只令我们对别国平添了一份亲近，以为在地球上任何一处发生的事情，都非与己无关。而对植根于生活方式以及思维深处的文化基因，书本和画面原有力不能及之处。更何况，个人的体会乃是人生经验的一部分，非足履其地，亲接其人，不会有真感动。尽管临行前购买了许多介绍日本文化思想以及风土人情的书籍以备查考，平原君显然还是更相信自己的眼睛与心智。

日本文化与中国文化的关系是个能写好多本书的大题目，不必我说，也非我所能道。平原君从一些小开口进入，借谈日本，反省中国，属于他的别有会心，有此书在，也无须我饶舌。既然"阅读日本"无论大题小题均可不作，只有另寻门径。好在我本与平原君同行，且嗜游胜于善读，故而对于"周游日本"的话题尚可发言，正不妨权充导游，以明行踪。

差不多一个世纪前到过日本的康有为有一方长文别章，在其门人友生的回忆文章中常见提起："维新百日，出亡十六年，三周大地，历遍四洲，经三十一国，行四十万里。"不说气魄，单是行迹，便令我辈望尘莫及。"历遍四洲"不易做到，追踪前贤，经一国，游四岛，应可实现，谁知还是功亏一篑。虽有大半载的光阴，四国却只在新干线的高速列车上，隔着车窗，隐没在濑户大桥的另一端，引人遐想。即便如此，我们的游兴之高，已使日本友人惊叹不已。

说是同行，我实比平原君迟到三个月。当我取道香港抵达东京时，节令已进入冬季。大约是东京仅见的窗外那株红枫也不再能坚持，三两日后，叶片便黄萎凋落。整个冬天，只得蛰伏东京，在市内各处游荡。好在学会乘车，可以看地图认道路，穿行小巷，寻找僻寺，游走大街，领略繁华，原也乐趣无穷。东京作为世界屈指可数的一流大都市，国际化程度自是极高。圣诞节银座高雅精致的橱窗艺术，表参道学自巴黎的圣诞灯树，静静等待参观西方印象派画展见首不见尾的长龙队伍，为迎接新年而举办的几十场爆满的贝多芬第九交响乐演出，都是在日本其他各处无法得见的景象。依靠热心朋友的指点，我们有幸一一领会。不过，即使在东京，日本的传统仍未被国际化淹没。印象派绘画之外，此时最多参观的便是浮世绘画展，特别对《名所江户百景》的作者安藤广重尤有好感。原先在国内难以接受的相扑，易地东京却有了新体认，每年照例举办的新年后开始的大相扑初场及四季重大赛事，竟成为收看最多的电视节目。而大有赢得力士最高级别"横纲"之称的，反是来自美国、入籍日本的曙。所谓"越是民族化，越是国际化"，在此似乎也得到了证明。

进入 3 月，梅花初绽，预示着春季的来临，我们的株守东京也告结束。第一次远足，便是去以观梅闻名的水户。日本人的酷爱自然，也许因了高度现代化都市生活的阻隔，而更形强烈。电视中日日报道梅花又开几分的讯息，使东京后乐园中的游人陡增。花瓣微张的梅枝，已牵惹得游客驻足不去；几株散漫开放的野花，竟也被精心地以竹丝圈起。待到得见水户偕乐园沿水漫山红白纷呈的梅林，千姿百态，不修边幅，不禁为其蓬勃的生气而倾倒，东京园林的精致中所透现的雕琢实无法与之相比。

3月底，在伊豆半岛突见樱花，又是另一番情致。只因此地较东京偏南，兼之海风和暖，花期先在此登陆。不过，伊豆更让人着迷的还是山岚海色与舞女走过的天城隧道，散落平川的樱树倒也无意争奇。此后，好像成心追随樱花线（樱花在各地的开放，一时间成为电视关注的焦点），从伊豆到东京，一直寻迹至札幌，半个日本的樱花尽收眼底。此中，最为壮观的究属东京，上野公园、千鸟之渊与多摩川边如云如霞的樱花与如痴如醉的赏花人，夜以继日地互相厮守，自花开到花落，使得恭敬有礼的日本人，在这几日间忽尔脱略形迹，纵情饮乐，迥异平常。

身居东京，横滨、镰仓只算近在肘腋，可小小不言。伊豆途中，一位精通中文的日本朋友以"不到长城非好汉"解"不到日光，莫说最好"的日语俗谚，倒勾起了我们对日光山的好奇心。一百多年前，王韬东游至此，写下一篇《游晃日乘序》，极力描摹山水之胜及日友护送登山的盛情，成为其扶桑之行结束时最精彩的一笔。而此游的发生，即是因闻说该处"土木丹青之盛，穷工极美，甲于天下"，"西人来日东者，无不往游日光，否则以为阙典"（《扶桑游记》卷下），可见"最好"之说由来已久。百年过后，东照宫仍是那般巍峨壮丽（或许更加修饰一新），华严瀑仍是那般气势磅礴（其实因岩崩高度已略有减损），中禅湖仍是那般烟波浩渺（不知面积比前如何），连一路开车送我们登山、观瀑、游湖，直至天黑尽方抵达其长野山中的别墅款待我们住宿的日本朋友，也是那般周到热心。

按照预定计划，5月初，便当由东京转移至京都。但不过十日，我们又沿新干线原路返回，且更驱向东北，目的地是北海道的札幌。大约一国之中，北方人总较南方人显得豪爽，风光也自不同。而北海道的开发不过是一个多世纪以前的事，所取法美国得克萨斯州的城镇格局与建筑风格，使得北海道大学中两行茂盛冲天的白杨树，竟成为札幌的代表物。港口城市小樽，也以厚实坚固的石头仓库构成独特的地方景观。这多少给我们留下一些荒野的气氛，并感觉其中充盈着活力与沛然不可御的气势。北海道大学也不例外，校园里大面积的丘陵绿地，在日本当真是首屈一指，对于一个岛国来说显得颇为奢侈。更引人入胜的是夜幕降临以后，草地上便聚集着一丛丛的人群，烧起成吉思汗火锅，欢呼痛饮，烤羊肉的香味弥漫在空气中，处处可闻。我们无缘加入这些快乐的人群，却没有错过品尝美味的机会。在札幌啤酒厂附设的啤酒园里，大块吃肉的同时，我们也畅快地大口喝着泡沫四溢的新鲜啤酒。热情的日本北大的老师，还领我们见识了如同家庭般亲切随便的小酒馆。

作为一次难得的经历，北海道之行在交通工具的选择上也不同寻常。日本国土不算大，新干线列车的运行速度又极高，被称作"寝台列车"的夜间火车只在很少的线路开行。乘此种车去札幌的一段路程，成为我们整个日本漫游中最阔绰的旅行。从仙台上车，坐的是带有电视机与桌、柜的头等车厢，但这仍然不能使我安睡，火车车轮碾压铁轨的杂音一如往常。回程改乘轮船，从小樽出发，走日本海。一路观日落日出、海浪海岛，否则歪倒床上看电视录像，虽三十余小时，亦不难度过。

从京都去北海道，鲁迅留学过的仙台本为路经，自不可不游。将鲁迅上课的教室、借宿的民房以及各处建立的纪念碑一览无遗之后，心心念念便只在松岛。早已听不止一位日本友人朗诵过俳圣松尾芭蕉的一首名作，若译成汉文，不过是翻来覆去的几句："啊！松岛！啊！啊！松岛!!"据说，当年芭蕉目睹松岛，心中生大感动，所有的语言都显得贫乏无味，不足以传美景之万一，便只能反复咏叹其名，使此作在俳句体中别具一格。乘船游行在数以百计绿意葱茏却又姿容各异的大、小岛屿之间，驻足岸边远眺这星罗棋布、总名"松岛"的海上奇观，所能做的便是频频举起照相机与摄像机，感谢自然造化的神奇与人类文明的创造。

松岛以其美貌，入选"日本三景"之一。既得其一，便思占全，免得辜负了好山水、好时机。北上之后，南下已很便捷。6月下旬，即使是海洋性气候的日本，天气也够炎热。此时向南，颇有苦中作乐的意味。在前往九州的路上，我们照例沿途游观，而横竖说来，广岛都是最重要的一站。

历史上军国主义势力的集结地，使广岛在历次对华战争中均充当了桥头堡；原子弹的爆炸，又让人们在面对废墟时心情复杂。与残酷的战争景象相对照，广岛市附近的官岛则提供了美妙的人文与自然景观。官岛的山光海色固然佳胜，不过，若没有严岛神社，其能否入选"三景"大成问题。读《平家物语》时，对历史上曾经叱咤一时的平清盛家族所信奉的严岛神社留有深刻的印象。举行大战的前夕，到这里祭拜守护神的仪式总给我以悲壮感。而远远从海上看到藏在海湾深处的这组红色建筑的第一眼，便证实了我的感觉准确无误。严岛神社不像一般的神院寺庙建于平稳的陆地，偏偏选址在海滩。来时虽已落潮，但留在巍峨的神社大门附近的水迹，令人自然生出浪击底部支柱、整个神社浮动海面的遐想。最近一次飓风造成的若干殿宇倾覆的后果，至今尚未消除干净。无法把握的不安定状态，与迅速覆灭的平家的命运一样，为壮观的严岛神社涂上了一层悲剧色彩。

仿佛由此设定了基调，悲壮成为我们九州之行的总体感觉。当然，在长崎建造的海外最大的孔庙中，徘徊于七十二贤人的石像群间，引发的只是自豪感。而在佐世保的山巅眺望烟雨朦胧的九十九岛，下山行经日本最大的美国军事基地；游长崎而品尝那首著名的歌《长崎今日又下雨》的况味（初听此曲的日语歌词，是在札幌的小酒馆），瞻仰将近四个世纪前为基督教而流血的二十六圣人殉教纪念青铜像；在骄阳似火的日子，登上为消耗各地诸侯实力而修建的坚固的熊本城，凭吊烽烟遍地的古战场遗迹；于阿苏山火山博物馆观看在此地无数次上演的火山喷发、熔岩溢淌的场景，游目火山地区长流不断的河水、绿草茵茵的牧场；漫步福冈市区，邂逅抗击元军的历史遗存……几乎每一空间与时间里，充塞胸中的都是既悲且壮的旋律。九州不愧为日本勇士的出产地，连至今盛行不衰的相扑运动，获胜的大力士们也仍以到熊本的吉田司家领取证书为荣典。

而除了东京，在日逗留期间居住时间最长的地方便数京都了。正好赶上百年难遇的平安建都一千二百周年，各类庆祝活动竞相开场。能乐演出、插花展览、茶道表演一时纷集，虽无法细细品味，却是大饱眼福。散布京都各处大大小小古老的寺院，自有一种挡不住的诱惑，我们也如同所有的国外游客，一边抱怨着门票的昂

京都"葵祭"

"祇园祭"

贵（一张票一般 500 日元，相当于人民币近 50 元），一边仍不自禁
地进出。为配合建都纪念，例行的城市游行娱乐活动"三大祭"
也准备得格外卖力。两年前的 10 月来京都，机缘恰好，观看过
以追溯历史为主题的"时代祭"。剩缺的两次，便要靠此行补完。
5 月举行的"葵祭"，系由春季祈求丰年的仪式演化而来，尚显得
颇为简朴。7 月进行的"祇园祭"，在神社排练，历时既久，人们
的热情也更高。16 日晚间，如潮水般的人流，拥聚在四条乌丸的
大街上观看高大的花车。次日，填街塞巷的人群又鹄立于烈日下，
等候一辆辆装饰繁华、名目繁多的花车在器乐的吹打声中通过京

都的主要路口。这项活动最能显示寺院神社在京都市民生活中的地位，其所以为"三大祭"之首，道理或许也在此。

而在等待"祇园祭"的间歇，我们终于不负此行，抽空圆了"三景"之梦。安排行程的京都大学朋友，先引领我们游览国外来客极少观光却很古朴有味的出石小城，继而乘旅游车沿丹后半岛欣赏海礁断崖与下层置船上层住家的舟屋，终点站便是赫赫有名的天桥立。与宫岛的得益于人工建造的严岛神社不同，天桥立纯然以自然力取胜。特殊的港湾走向与潮汐作用，使泥沙反复冲击形成一道天然的长堤。除去一段小小的缺口以铁桥填补，天桥立浑然一体的结构横亘海湾，犹如一条纵贯两岸的天生桥梁。从船舱里赏玩海上落虹，踏足在这带狭长而坚实的土地上，登临山顶远眺封锁海湾的堤防，我们从各个角度把天桥立看了个够。

应该感谢日本的习俗，喜用"三"这个数目字（而不是如同中国的偏好"八大"与"十全"），我们才得以毫无遗憾地占尽日本的美景。其他三分天下有其二的名胜也不在少，"三名园"中水户的偕乐园与冈山的后乐园，"三名城"中的大阪城与熊本城，"三大建设奇迹"中的新干线与津轻海峡的海底隧道，我们均曾身临其地。我不敢说在日本读了几本书，倒确实是走了万里路。所经历的名山胜水、市景乡风，足以让我感觉良好。

不过，平原君日本归来，写下了近十万字的阅读笔记，我则只在东京与京都分别邮寄过两则应命短文，真令我这位与平原君结伴的游客愧煞。好在此为后话，出游的当时，我可是乐不思其他。

平原君嘱我写一两万字的长序，以充（"充"与"光"形近）篇幅，谁知长行短说，五千多字便已打发掉"周游日本"这个大题目，实在太没本事。

1995 年 8 月 12 日，自日归来后一年

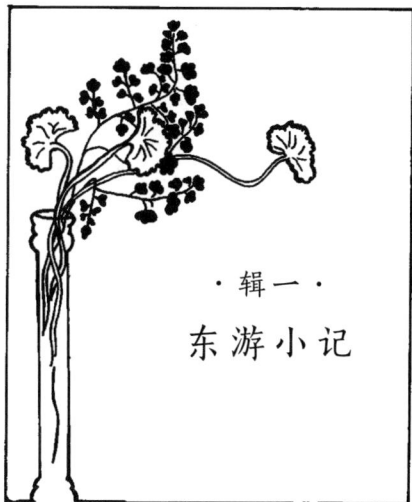

·辑一·

东游小记

窗外的风景

　　独在异乡为异客，最重要的欣赏对象莫过于"窗外的风景"。毕竟不能整天逛公园或参观博物馆，大部分时间必须坐在书桌前。日本的房间朝阳台一面大都安着落地窗，大概是为了便于"借景"。倘若对面除了水泥建筑一无所有，那该多扫兴！

　　到达"新家"已是半夜，不辨东西南北。第二天醒来，急忙拉开窗帘，观赏那一幅属于我的风景。真没想到，眼前居然出现一片小树林！不是东京街头常见的侧身墙角的盆景式小松树，而是自然生长的柿子树，大大小小不下20株。在临近我家阳台的地方，还有一株枝叶茂盛的小枫树。家在四楼，树在坡上，坐在窗口望去，刚好是小树林最富表情的上半身。东京市内地皮昂贵，除了专门设立的公园，难得有如此空地。

　　转一大圈回来，终于弄清小树林的来历。我的新家背靠东京大学医学研究所，研究所的楼房四周都有林木，尤以我所面对的西北角最为苍翠。周围是库房，人迹罕至，一条小路穿过柿子林。

地下都是落叶，穿行时必须拨开挡路的横枝，还得当心随时腾起的乌鸦。研究所有十几栋楼房，也有一座近乎荒芜的小庭园，路边或大树下摆着若干发霉的木椅子。大概这里的研究人员工作太拼命，没有闲暇到室外来休息。敬佩之余不免觉得有点可惜，这么好的风景不该被冷落。

于是，每当夕阳西下，便独自一人在园子里散步。深秋的太阳不晒人，偶尔也到园子里读书。只是空地毕竟不大，一下飞鸟，一下汽车，再加行人匆匆的步伐，还有不时随风飘来的酒精味，在在都提醒你此地不是读书处。当然也怨自己"定力"不足，否则该像曾国藩说的，"苟能发奋自立，则家塾可读书；即旷野之地，热闹之场，亦可读书；负薪牧豕皆可读书"。

刚到时柿子还是青的，不知不觉竟逐渐变红。这时乌鸦开始猖狂起来，越来越让我感觉不能容忍——可又拿它没办法。光顾窗外柿子树的乌鸦们，大概住在离此地只有百米远的自然教育园，那里有大片的树林，是各种鸟类的天堂。柿子青时乌鸦也来走动，好像挺规矩的；柿子红了，乌鸦可就不客气啦，光天化日之下"大开杀戒"，看得我都惊心动魄。十几只乌鸦直扑柿子林，专拣红柿子啄，叼住了就往回飞；过一会又卷土重来。最气人的是，万一啄落了，乌鸦绝不下地拣，而是另攀新枝。红柿子再多，也经不起它们从早啄到晚，从晚啄到早。好在乌鸦很有分寸，绝不啄食半生不熟者。每天早上起来，发现柿子红了一批，到了下午，那些红点又都消失了。浑身漆黑的乌鸦叼着圆圆的红柿子从眼前掠过，这景象固然好看；只是本想有一天绿叶落尽，剩下满树红果蔚为壮观，就因为乌鸦捣蛋，看来是没指望了。事后想想，也怪自己自作多情。柿子本无主，乌鸦啄食干我何事？总不能以破坏我家风景治其罪！

东京上空飞翔的鸟，最多的莫过于鸽子和乌鸦。鸽子招人喜欢，公园里、广场上，随时可见游客在给食。也许正因为养尊处优，不免"目中无人"，不时摆出一副爱理不理的样子，让自以为是的"施舍者"感觉没趣。乌鸦则讨人嫌，不但没人给食，连可能享用的剩余饭菜都被用网罩住。理由据说是因为乌鸦吃相不大文雅，经常弄脏街道。照我观察，受宠的鸽子固然活得很好，被冷落的乌鸦照样叫得也挺欢，似乎没有一点"心理不平衡"。

那天阳台上飞来一只鸽子，与我隔着玻璃对视。尊贵的鸽子居然光临寒舍，让我受宠若惊，大有"旧时王谢堂前燕，飞入寻常百姓家"的感觉。那鸽子不知为何惊魂未定，我起身它便飞走，我落座它才回来。总不能让客人干坐着，找了些饼干和切碎了的苹果放在阳台上。可惜鸽子不见了，大概仍对我不放心。好吧，让你安心享用，我上东大读书去。晚上回来，阳台上果然空无一物。此后一个多星期，刚好每天出门，早上"道别"时，都不忘在阳台上放置食物。照样是打开落地窗便惊飞，不过我相信那高傲的鸽子会回来享用我为它准备的午餐。天气渐冷，开始设想在阳台一侧的壁洞里为我的小客人建一个窝。星期天不出门，躲在窗帘后面，观看客人如何用餐。没想到鸽子一去不回头，赶来聚餐的是两只乌鸦！难怪人说东京的乌鸦特聪明。

鸽子好几天不露面，不知是生病了，还是赌气。正挂念着，那旧相识翩然而至，而且还带了个新伙伴，在阳台上闹得挺欢。这次再也不孝敬食物，免得人家嫌"俗气"。鸽子闹了一阵就走了，而且再也没回来。我这才恍然大悟。当初它来见我，只因同是"独在异乡为异客"；一旦找到女（男）友，必然弃我而去。这么说来，鸟也讲义气。只可惜我不是公冶长，听不懂其临别赠言。

屈指算来，妻子也将来日团聚了。窗外的柿子林已经落叶，只剩下枝头几颗乌鸦无法下嘴的红柿在随风摆动。现在最担心的是墙角的枫树，照时令早该红透了。若如是，妻子到时，那信中常提及的"窗外的风景"便一无可观了。暗暗祈祷，希望这枫树顶住日紧的寒风。观红叶的热潮已经过去，东京街头的枫树纷纷落叶，每天从学校回来，直为我窗外的枫树骄傲。

不知是"心诚则灵"，还是地气的关系，已经是12月中旬了，窗外的枫叶才开始变红。

明天妻子就到了，不知她对这窗外的一树红霞有何感想。

（初刊《美文》1994 年 11 — 12 期合刊）

东京的古寺

　　对于考古学家来说，东京没有"古寺"。东京的寺庙本来不少，可经历江户时代的三大火事，再加上 20 世纪的关东大地震和美军大轰炸，难得一见百年以上的建筑。即便不计较多次的翻修与迁移，江户开府至今不到 400 年，东京的寺庙能"古"到哪里去？（《浅草寺史略年表》溯源到 7 世纪中叶，可屡建屡烧，目前的本堂是 1958 年落成的）难怪许多到过京都、奈良的游客，对东京的寺庙不屑一顾。半个多世纪前和辻哲郎记录游览奈良附近古寺印象的《古寺巡礼》，至今仍是不可多得的名著；淡交社正在印行的大型系列图录《古寺巡礼》，也以京都、奈良两地为主。手中有一册角川书店编的《图录日本美术》，收录并简介被定为国宝或重要文化财的雕刻、绘画、工艺、建筑，是我游览古寺或博物馆时必带的"指南"；其中 16 世纪以前部分基本与东京无缘。

　　谈论考古和艺术，"时间"具有绝对的价值。一千多年前的佛像，不管多么粗糙，只要能流传至今，便有惊心动魄的魅力。"文物"

浅草寺

之所以显得"古雅"，小半赖人力，大半靠天工。不必"嗜古之士"，一般人都会对此类能引发思古之悠情的"文物"感兴趣。在这一点上，东京是贫乏的——博物馆自然除外。对于曾经在长安城根捡过秦砖汉瓦，或者在西域路上遭遇"秦时明月汉时关"的中国人来说，这种感觉尤其突出。

但如果换一个角度，不从"考古"而从"历史"、不从"艺术"而从"人情"来品读，东京其实是不乏值得一游的"古寺"。叹息东京"古寺不古"者，大概忘了历史时间的相对性。倘若东京的古寺能帮助我进入历史，阅读我所希望了解的江户文化，那又何必过分计较其年龄？今日的东京，到处是高楼大厦，想追寻江户时代的面影，还真的只能借助这些不太古老的寺庙。"江户东京博物馆"固然让我动心，也给了我许多有关"江户"的知识；可我更愿意在香烟缭绕的寺庙边，抚摸长满青苔的石碑，似乎只有那样才能真正感觉到"历史"的存在。

当初不大满足于"博物馆文化"，主要是考虑到其中凝聚了太多的专家的理性思考，一切都解释得清清楚楚，限制了自家想象力的发挥。野外作业有惊险，有失败，也有意料不到的"发现"——在专家或许不算什么，在我却可以陶醉好几天。精骛八极，神游四海，尚友古人……一觉醒来，眼前依然是东京的高楼大厦。既不感伤，也无惊喜，对自己笑一笑，上图书馆去也。

很快地我就明白这里的陷阱：东京的"野外"其实一点也不"野"，我的作业对象并非"原初状态"。寺是重建的，墓是重修的，碑也有不少是重刻的。除了地震和战争的破坏，还有重建时整理者有意无意的"歪曲"。常会诧异江户人为何不讲礼节乱搁石碑，事后想想，可笑的其实不是整理者，而是我之"信以为真"——呈现在我面前的并非"真正的历史"。明白了这一点，"古寺巡礼"时便有了双重的考据任务：既考古人，也考今人对古人的理解。带上一册"江户古地图"（此类图书甚多），还有安藤广重的《名所江户百景》，在东京街头散步，不时会有莫名其妙的叹息或微笑。

相对于观赏国宝级文物时的"焚香顶礼"，摩挲路边饱经沧桑的石灯笼或者街角略为残缺的地藏菩萨，心情轻松自由多了。没那么多谦恭，也没那么多虔诚，用一种通达而又略带感伤的眼光来看待古人和今人，思维自然活跃些。更重要的是，在这种古今对话中，"艺术美"逐渐为"人情美"所取代。所谓"线条""结构""韵律"等的思虑，实在抵挡不住佛家的"大慈悲"——起码在东京的寺庙里是如此。比如，位于目黑的大圆寺里，有一尊很不起眼的道祖神像，在墙角的大树底下"乘凉"。此乃中国的行路神，在日本则专管儿童和爱情，故刻成男女合体"勾肩搭背"的浮雕。我不知道这一对矮墩墩、胖乎乎、笑嘻嘻的小儿女组成的道祖神是否真有法力，一瞬间竟把我"镇住了"。无暇借问作者是谁，也不想考据创作年代，只是隐隐约约感觉到这充满稚气的神像里，蕴含着对世俗人生的热爱，以及周作人所再三赞叹的日本之"人情美"。

东京寺庙之所以让我流连忘返，很大程度正是这种充溢其间的"人情"。不管是大名鼎鼎的浅草寺、增上寺，还是我居住的白金台附近的若干"无名"小寺，都是有信徒、有香火、有佛事，因而有生命的"活寺"。我很看重这一点，这正是收藏丰富的博物馆所不具备的。参加过大大小小的佛事，也见识了真真假假的信徒，自认对日本人有了进一步的了解。这大概是我逛寺庙的最大收获吧！

（初刊《中华散文》1995 年第 1 期）

木屐

小时候不喜欢木屐，主要是嫌重，穿上无法快跑或者蹦跳，玩游戏时总吃亏。

上学了，按规定不能打赤脚，可抄近路需要跳水沟、踩田埂，穿鞋实在不方便。把鞋带一结，挂在书包上，光着脚丫子在泥地上跑，挺舒服的。偶尔也把鞋挂在脖子上，但那必须是新鞋才好看。到了学校门口，擦擦脚，穿上鞋，一下子"文明"起来了。

15岁那年当了知青，来到一个三面环山、一面临水的小山村，终于体会到木屐的好处。村里的水沟不大通畅，加上母猪率领小猪东游西荡（肉猪可圈而母猪必须放养），一到雨天街上猪屎和着稀泥，只有穿着木屐才能安然无恙。村民一般早睡早起，夜里10点以后，周围静悄悄的，巷口传来木屐声，大半是朋友找我聊天来了。石板路上深夜走木屐，清脆又悠扬。失眠时，数着远处夜行人的木屐声，也能渐渐沉入梦乡。

久居城市，重做"文明人"，只好告别木屐。挤公共汽车或

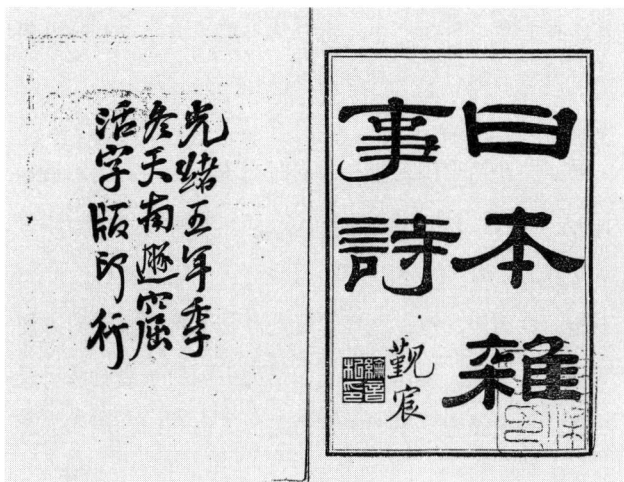

《日本杂事诗》(王韬印本)

骑自行车，木屐实在不方便；住楼房深夜踱步，楼下肯定抗议。
当然也有"从众"的压力，不敢过于"招摇"。已经隐去了的记
忆，读黄遵宪和周作人关于日本"下驮"的描述，才重新恢复过来。
此次东渡，很想听听东京街头的木屐声，顺便理解黄、周二人之
争议。

　　黄遵宪《日本杂事诗》述及"声声响屧画廊边，罗袜凌波望
欲仙"的木屐：

　　　　屐有如丌字者，两齿甚高，又有作反凹者。织蒲为且，

皆无墙有梁；梁作人字，以布缏或纫蒲系于头。必两指间夹持用力，乃能行，故袜分两歧。

据黄氏考证，此乃中国古制，与其时尚流行于南方的木屐样式不同。周作人赞赏黄氏的观察，不过认定日本木屐的"梁作人字"，"比广东用皮条络住脚背的还要好"。吾乡与黄氏家乡相邻，风俗相通，自是不能同意周氏的意见。穿木屐到底是夹着还是套着方便，很大程度是习惯使然。周作人将其归结为中国男子裹脚故脚趾互叠不能衔梁，未免牵强。不同于黄遵宪的风俗介绍，周作人之《日本的衣食住》带有强烈的感情色彩，很能体现其个人趣味：

> 去年夏间我往东京去，特地到大震灾时没有毁坏的本乡去寄寓，晚上穿了和服木屐，曳杖，往帝国大学前面一带去散步，看看旧书店和地摊，很是自在，若是穿着洋服就觉得拘束，特别是那么大热天。那是半个多世纪以前的事情了。如今本乡东大附近旧书店仍在，可难得见到穿和服着木屐的读书人，更不要说"曳杖"了。

偶然在校园里见到一位着木屐的学生，看他上身西装，下身牛仔裤，肩上的书包前后晃荡，再配以踉跄的脚步，实在有点滑稽。那学生大概自觉很好玩，一路左右顾盼；我则从这颇具反讽意味的模仿中，意识到木屐的"死亡"。

那天雪后初晴，我从东大回家，忽闻前方有念佛声。转过街角，见三位僧人各持一面小鼓，匆匆赶路。伴随着鼓声和念佛声的，便是那清脆的木屐声。大概出于苦行的考虑，天寒地冻仍不着袜。平日走路已属"匆匆"的我，赶上着木屐的僧人也都不易。踩着鼓点，跟在僧人后面念佛，直到实在跟不上才想起应该回家了。

于是，站在路边，目送渐渐远去的僧人，还有那木屐声……

（初刊 1994 年 8 月 5 日《南方周末》）

"初诣"

刚刚忙过圣诞节，车厢里、车站外又贴满"初诣"的精美广告。明明是汉字，可就是不明白其意思。读了说明，方才知道指的是新年的第一次参拜。"初"字好懂，"诣"字从颜师古注《汉书》到新版《辞海》，都只作"至"解，最多有往候之意，而不曾引申为拜神祈福。虽说"初诣"乃日本人创造的词汇，但与中国人之"烧头香"习俗大同小异。据说每年初一到初三，日本有一半以上的人参拜神社和佛寺。很想入乡随俗，体验日本人的宗教热情，也为自己祈祈福。

听完新年音乐会，还不到凌晨 1 点。拿来音乐厅提供的附近有名神社和佛寺的地图，略为商量，选中了日枝神社和增上寺，取其历史悠久且类型不同的特点。

说是"附近"，步行也得半个小时。好在路上并不寂寞，尽可跟着人潮流动。位于千代田区永田町的日枝神社，江户时代以山王祭闻名天下，原有被指定为国宝的桃山建筑样式的华丽社殿，战争时烧毁了。现在的神殿为钢筋水泥结构，想来无甚可观。神社建在百米高的山崖上，盘旋而上的石阶两边挂满红灯笼，走近了方知是各种小吃摊。这景象十分亲切，一如吾乡之庙会。望着手持破魔矢、捧着达摩像来回涌动的人群，听着四周不绝于耳的欢声笑语，实在无心考察神社的建筑风格。

正殿前面排长队等着敲钟奉纳祷告神灵，一派庄严肃穆；旁边是着白衣的巫女在神乐的伴奏下起舞，为送来破魔矢者行法事。我对神社的规矩不甚了然，不敢贸然参拜，只是默默欣赏。临时搭起的棚子里，参拜者依次品尝屠苏酒，这我倒不妨参加。新正时节，饮屠苏以防病驱邪，这习俗大概起源于汉代，起码《荆楚岁时记》中就有记载。王安石《元日》诗中提及的爆竹、春联和屠苏，在吾乡潮州只留下前两种；没想到在东京补上了"春风送暖入屠苏"。屠苏酒以白术、桔梗、山椒、大黄等中药浸泡而成，或甜或苦可以自己调节。神社的屠苏味道欠佳，远不如我后来在伊藤先生家所饮用的香醇。

饮过屠苏，自认百病俱除妖魔不入，雄赳赳来到平日不大敢光临的神签桌前，呈上一百日元，开始倾听神灵的声音。真扫兴，我得到的是末吉，妻子得到的也是末吉，而且两张神签一模一样。大年初一，神社和寺庙都没有凶签，末吉便是最没运气的了。唯一的安慰是，这下子夫妇总算真的"同命运"了。同行的尾崎君也是末吉，不过签文比我们的略好些。西川君则得了个大吉，笑得合不拢嘴，真令人妒忌。回家查查日本历书出版协会推荐的《平成六年神宫馆家庭历》，果然我今年有"前厄"。书上注明避地东方即可，正好我旅居东京，不免暗自庆幸。谁知"在劫难逃"，半月后便传来北京家中被小偷光顾的消息。让我大失所望的不只是北京的小偷，也包括东京的神灵。当初见签文不好，我见寺就进、见佛就拜，谁知一点效果也没有。后经高人指点，我才恍然大悟：事关主权，东京的神灵不管北京的小偷。

　　从日枝神社转到港区芝公园的增上寺，已是凌晨2点。此寺创建于室町时代，江户时为德川家的菩提寺，供有六代将军的灵庙。曾来此参观过被列为国家重要文化财的三门，反倒怠慢了大雄宝殿。这次以拜佛为主，连庭园带大门全都忽略不计。可惜佛像太小，大殿中间又用绳子围起来，大有拒人于千里之外的架势。倒是让人奉纳的"钱箱"特别大，大约长10米，宽5米。尾崎君劝我别大惊小怪，说是还有比这更大的。不知是夜深游人倦呢，还是日本人更喜欢神社，反正大雄宝殿里奉纳者不多。

　　听说历年初诣人数，以明治神宫为最多。看来还有"更上一层楼"的必要。回家好好睡一觉，下午再赶一次热闹。

　　果然名不虚传，明治神宫里人山人海，远非日枝神社和增上寺可比。20米宽的表参道挤满了人，如此庞大的纵队竟一眼望不到边。路边巨大的电视显示屏播放着神宫里正举行的仪式，维持秩序的警察不时发布"建议"，参拜者慢慢向前挪动。真的是"别无选择"，就这么一条参拜之路。古人礼佛需"焚香沐浴"，今人一切从简，删去繁文缛节的同时，也丢弃了必不可少的"虔诚"与"恭敬"。如今被迫排长队，正好借此"修心养性"，培养出一点参拜的"诚意"。

没有人争先恐后，也没有人大声喧哗，保持一定的距离，挪两步，停10分钟。老人多一脸严肃，年轻人则小声说笑。和妻子讨论旁边少女的服饰，评判周围几件和服的色彩构成，不知不觉已挪到了大门边。一看表，总共花了一个小时。进了门不等于就能"登堂入室"，除非你愿意花大钱请神官做法事，否则就只能在大殿外"奉纳"了。周围人都在准备硬币，等着挪到大殿前时来个"天女散花"。往年经济状况好时，撒10元、百元的硬币，也有撒千元、万元的纸币；今年则多挑一元、10元的撒，有个千八百元就能出手满堂彩。

随人流涌到大殿前，撒钱、拍掌、祷告；又随人流涌到东门外。以为还有什么精彩的仪式，发现人群已经开始散去，方知参拜已告完成。接下来的节目是花钱买法物。二三十个摊位围成一大圈，兜售破魔矢、绘马和福袋。福袋形状一样，可颜色和功用大不相同。自认没有升官发财的希望，挑了那种专保"身心健康"的。把不到半个巴掌大的福袋揣进大衣口袋那一瞬间，心里感觉踏实多了。

回到神宫的入口处，0041电话局正在做广告，提供免费国际电话。给北京的亲友拜个年，顺便说说我们的"初诣"。还没等我把什么叫"初诣"解释清楚，规定的三分钟时间已经到了。

　　附记：据 NHK 报道，今年初一至初三，全日本共有 8544 万人次参加"初诣"，其中参拜明治神宫的有 348 万人

（初刊 1994 年 10 月 1 日《济南日报》）

烟雨佛寺

　　吾乡潮州有座开元寺，顾名思义，是唐代开元年间敕建的。小时候听了一脑子关于开元寺和韩愈的传说，也隐隐约约记得那四大金刚的尊容。"文化大革命"毁佛驱僧时，我不在潮州，无缘目睹。只是在我插队的山村附近，有位被迫还俗的僧人，闲来与他"独坐说玄宗"。那时开元寺已改为文化馆，既无佛像也无香火，大雄宝殿被用来办阶级斗争展览，各个配殿也都派上用场，我就曾在观音堂里参加过县里组织的乒乓球赛。20世纪80年代重修开元寺，我恰好又出外念书，无法恭逢盛典。虽说此后每次回家乡，都不忘上开元寺走走，但已经没了儿时的那种神秘感与神圣感。坐在菩提树下，望着香火日盛的大雄宝殿，抹不掉当初荒凉的记忆，实在难以参悟。

　　明知"文革"中各寺庙的境遇大同小异，但没有切身体验，游五台山或洛阳白马寺时，便更多注意佛像之庄严。俗话说：远来的和尚会念经；还应该加一句：远去的寺庙会显灵。道理其实一样。只有"出凡",才能"入圣";对于太熟悉的和尚与太亲近的寺庙,很容易发现法衣底下的"世俗相"。常人不觉,转而寄希望于陌生的"远方"。我也喜欢远方的寺庙,与其说出于信仰,不如说是想借此了解此地的历史、文化与艺术。

有幸到日本来"游学",感觉就像挂单的和尚一样,无拘无束到处游荡,但仍以佛寺为主。阅读古代及近世日本的最佳途径,除了博物馆,就是佛寺。日本的"国宝"和"文化财"多集中在寺院,其中雕刻占了九成,建筑占了六成。经历了明治初年的排佛毁释以及神道的迅速崛起,佛教在当今日本人的精神生活中已经不起主导作用。即便如此,日本寺庙之多仍然令人叹为观止。据说单东京一地,大大小小的寺庙就有两千多座,我游览过的尚不足十分之一。

忽忆及唐人杜牧的《江南春绝句》:"千里莺啼绿映红,水村山郭酒旗风。南朝四百八十寺,多少楼台烟雨中。"历来注家多喜欢在"四百八十寺"上做文章,强调此诗主旨为讽戒朝廷之大建佛寺靡费钱财。我却对"烟雨"二字感兴趣,总觉得这里面有一种说不出的朦胧美。此次东游,更证实了我的直觉:寺庙的魅力离不开"烟雨"。对于真正的信徒来说,进寺庙自是不必考虑"阴晴圆缺";可像我这样缺乏坚定信仰的人,往往需要外缘来接引,这时"烟雨"便起了很大作用。

烟雾缭绕的大雄宝殿,与微风细雨中的石塔,同样给人暂时脱离尘世的感觉。"烟"好烧而"雨"难求，因而，我更喜欢后者。

下雨了，如果记得带雨伞，我会顺路拜访寺庙，或者就在路边站一会，聆听断断续续随风飘来的念佛声。和尚所礼何佛所念何经与我无干，我只是欣赏这种"幽玄"的情调。此时路上行人稀少，寺庙益显凄清，大都会的喧嚣暂时隐去，心境格外澄明。远观佛寺，若有若无，若隐若现，平添几分神秘的意味，不若丽日中天时的"造作"。东京的寺庙大都为战后所重建，且因地皮昂贵而缩小规模或干脆改为楼房，外观上远不及奈良、京都的古寺有魅力。只有在虚无缥缈的烟雨状态下，方可以忽略新寺庙造型上的缺陷，而专注于隐隐传来的梵钟。

当然，如果忘记带雨伞，或者雨如倾盆，那还是赶快回家好。

（初刊《中华散文》1995 年第 1 期）

踏雪访梅

昨夜大雪,电视报道东京附近若干高速公路关闭,铁路上发生撞车事件。今早起床,撩开窗帘,但见白皑皑一片。对面楼顶积雪十几厘米厚,路边栏杆悬着的雪挂也有手掌宽。忽忆起半月前游附近寺庙,似乎在那见过一株寒梅,今日说不定已悄然开放。东京不乏赏梅的好去处,旅游书上多有介绍;可我更愿意拜访"驿外断桥边,寂寞开无主"的"隐士",何况还有踏雪之"雅趣"。只可惜当初没在意,记不得此梅隐居何寺。好在那几个寺庙相距不远,不妨逐家寻访。

说来惭愧,虽然念过不少咏梅诗词,可"踏雪访梅"这还是第一次。粤东平原气候温和,不适于寒梅的生长。小时候,每当忆及林逋的"疏影横斜水清浅,暗香浮动月黄昏"、陆游的"月中疏影雪中香,只为无言更断肠"时,脑海里浮现的却是家乡常见的"桃红李白"。学画时,我的梅花总显得过于肥大,无论如何出不来"冰清玉洁"的感觉。直到负笈广州,方才见到"众里觅它千百度"的梅林。只是广州四季如春，有"梅"无"雪"。10年前初到北国，最为激动的"事件"便是终于见到真正的"雪花纷飞"。此后，每当窗外洁白一片，我便"踏雪"去也。遗憾的是，北京有"雪"，却又无"梅"。

雪仍在下，不过变得若有若无。风过处，抖落一树梨花。撑着雨伞，朝最远的常光寺走去，目的是一路包抄，保证不会错过。

常光寺有"国史迹"——"福泽谕吉先生永眠之地"纪念碑，地图上作了标示，很好找。寺不大，两层楼房，乃战后所建。上次已经侦查过了，除了福翁之碑，无古迹可寻。墓地静悄悄，修剪过的矮树丛上铺着一层厚雪，墨绿色的碎叶缀着如此"飘逸"的白花，居然给人一种沉重的感觉。大概是看多了葬礼上的花圈，很容易由白花联想到死亡的缘故。奇怪的是，墙角真的摆着四个挺厚实的花圈，这在东京的墓地里很少见。走近一看，不禁哑然失笑：原来是寺僧废弃的汽车轮胎，一夜大雪竟成了天然的"花圈"。

福翁墓前雪地上，已有两行清晰的足迹。脚印颇为零碎，大概来访者年纪不小。墓前供养的鲜花，本就以白色居多，一夜之间忽然"长大了"；远远望去，分不清哪是雪哪是花。正在墓前合十，忽闻妻子惊叹，说是又发现了一处"古迹"。就在福翁墓的斜对面，有一座"幼稚舍创立者和田义郎碑"，碑文乃福泽谕吉所撰。福翁不用汉文写作，猜读起来不免稍费工夫。以我的日语水平，见到复杂一点的句子就头痛，碰上俳句或和歌则只有投降一路可走。

忽想起鲁迅留学东京时，不知是否也有踏雪访梅的雅兴。之所以有此联想，就因为《野草》中有一则，提及朔方的雪花"永远如粉如沙"，而江南雪则"是极壮健的处子的皮肤"。后者"隐约着的青春的消息"，正是借此寒梅透露出来："雪野中有血红的宝珠山茶，白中隐青的单瓣梅花，深黄的磬口的蜡梅花；雪下面还有冷绿的杂草。"东京的气候及生活习惯，近绍兴而远北京，想来其雪也是远朔方而近江南。鲁迅见此梅花点缀的东京雪景，是否也给予"滋润美艳"的评价？我没有在江南踏雪访梅的机缘，正好借此行补读鲁迅先生的《雪》。

东京的寺庙门口多有应时的和歌或俳句，我大部分"熟视无睹"。没想到今日隆崇院所书白隐禅师诗句，既好解又切题，似乎为我而设："旧年寒苦梅，得雨一时开。"白隐乃江户时代复兴临济禅正宗的名僧，有《夜船闲话》《槐安国语》等传世，不知此诗句出自何集。隆崇院并无梅花，倒是有一尊延命地藏大菩萨铜像颇为可观。此像已有250年历史，原为纪念一心院专念寺某上人说法一万回而造，1927年方才移居此寺。铜像本不算高大，加上座基也就四米左右；可周围是墓地，菩萨身上又披着雪，静穆中确有普度众生的慈悲在。此寺的僧人颇勤快，墓地里几条主要的小石径已经打扫过了，而且路边的雪堆也略作修饰，没有突兀的感觉。尽管我更喜欢白茫茫一片因而显得圣洁的墓地，还是很感激寺僧的好意。

对面的清岸寺又是另一番景象。两个少女正捧着小树丛上的积雪，一边说笑一边打闹，见游人来便回屋里去了。此地寺庙与民居杂处，没有截然的分界；再说日本和尚允许娶妻育儿，寺庙有少女出入一点也不奇怪。我访此寺，纯粹为了那株两百多岁的樱花。时近立春，樱花尚未苏醒，半截枯死的主干上堆满白雪，跃跃欲试的旁枝也镶了一道白边。倚着树干的，是一幢两米高的石灯笼。东京随处可见石灯笼，但要找古拙质朴且显得很有年纪的也不太容易。关键是那象征着岁月流逝的青苔，不大好伪造。或许是因为下半截有矮小的柏树遮丑，上半身有苍老的樱花陪衬，再加上雪天雪地做背景，此君忽然"古雅"起来了——记得上次来访时并无如此风韵。

就剩下离家最近的妙圆寺了，寒梅准在那儿！转过几道弯，远远望去，果然一树红梅，正傲雪怒放。没有竞争对手，也没有欣赏者，倚着佛寺，独立寒风，自得其乐。数千朵小红梅，顶着厚厚的白雪，显得不胜娇羞的样子，让人又爱又怜。眼中只有梅花，不免怠慢了雪地。下坡路滑，险些摔了一跤。为避"乐极生悲"，只好谨慎着脚下。好在寒梅不会舍我而去，总能一步步接近……

又是鲁迅，不过这回是《在酒楼上》："几株老梅竟斗雪开着满树的繁花，仿佛毫不以深冬为意；倒塌的亭子边还有一株山茶树，从暗绿的密叶里显出十几朵红花来，赫赫的在雪中明得如火，愤怒而且傲慢，如蔑视游人的甘心于远行。我这时又忽地想到这里积雪的滋润，著物不去，晶莹有光，不比朔雪的粉一般干，大风一吹，便飞得满空如烟雾。"今日北京之飞雪迎春，并不总是如粉如沙、如烟如雾；未名湖边红男绿女的游走嬉戏，更使得白茫茫的雪地充满生机。久居燕园，本不以鲁迅南雪北雪之说为意；直到目睹此红梅之"傲慢"，方才明白江南雪的"滋润美艳"，确有不可及处。

只是阴差阳错，我本南人，居然像鲁迅所说的，用"北方的眼睛"，来阅读并惊叹"江南的雪"；而且还必须借助此异国的红梅。

1994 年 1 月 29 日初稿，岁末修订

（初刊《十月》1995 年第 5 期）

新年音乐会

父母都是教师，儿时常听他们提到一副关于"教书先生"的对子：年年难过年年过，处处无家处处家。那时正幻想着有朝一日"浪迹天涯"，故实在想不通旧时四海为家的"教书先生"有什么可抱怨的。

终于有一天，我也有了在"自己的家"中过年的愿望。于是，每当除夕将临，便千里迢迢往家里赶。记忆中，在异乡过年，似乎也就三次。一次在广州逛花市，一次在香港看礼花，还有就是这次在东京听新年音乐会。略有不同的是，以前的"过年"在春节；这次入乡随俗，改在元旦。

往年元旦，喜欢在电视机前观看维也纳新年音乐会，在缓缓流淌的《蓝色的多瑙河》中辞旧迎新。今年有幸进入真正的"多瑙河"，不过不是在维也纳，而是在东京。日本人真能学，先是明治六年改用西历，后又盛行过圣诞节。前些年开始流行年终听《欢乐颂》，于是12月下旬东京各音乐厅全是贝多芬的"第九"。

从去年起，劳力士（Rolex）公司和三得利（Suntory）音乐厅联合举行一年一度的新年音乐会，据说大受欢迎。既然取法的榜样是维也纳新年音乐会，那么东京新年音乐会的演奏者最好来自维也纳，这才能"乱真"。果然，今年请来的是维也纳民族歌剧管弦乐团。

东京的西洋音乐演出频繁，票价不便宜。尤其是从欧洲请来的乐团，必须把旅费全打进成本里。花一万日元听一场音乐会，对一般工薪阶层来说并不轻松。近年日本经济不大景气，音乐厅里大都只有六七成听众。新年音乐会则不同，票很早就抢购一空。幸亏尾崎君张罗及时，我和妻子才得以"恭逢盛会"。

东京的除夕之夜，气温接近摄氏零度，走进音乐厅则"春意盎然"。没想到日本的女孩子如此禁冻，打扮得花枝招展，也有袒胸露背的，好像是参加消夏晚会。害得穿着一身冬装的我自惭形秽，直怕影响公众的情绪。入场时领了一大袋印刷精美的此后三四个月的音乐会广告，埋头阅读，躲过周围诧异的眼光。

在我到过的东京几个音乐厅里，Suntory 音乐厅的音响效果最好。在我听过的几次音乐会里，又属此新年音乐会气氛最热烈——起码未见有人打瞌睡。以前常见前排人打盹，而且主要是男的；好在都不呼噜，要不可真大煞风景。不知是东京女性音乐素养好呢，还是男性白天工作过于劳累，晚上还得陪太太上剧场，实在打不起精神。大概受节日气氛感染，再加上演奏的乐曲短小轻快，观众席上又不时掌声如雷，想来要睡也难。

音乐会演奏的大半为小约翰·施特劳斯的作品，包括轻歌剧和圆舞曲。演奏水平高低，确非我所能评判，只好"不赞一词"。听到熟悉的《皇帝圆舞曲》，谁都想到已经临近午夜，于是纷纷看表。果然，乐队停止演出，音乐厅里巨大的管风琴奏出《欢乐颂》。12点钟声一响，悬挂着的1993的"3"字转为"4"，接着便是不难想象的"鸡飞狗跳"。除了那只塑料制的小狗造型不甚美观外，整个仪式相当动人。

新年已到，又是《蓝色的多瑙河》！望着如痴如醉的观众和显然也有点动情的乐队，我却忽然感觉陌生。不知为什么无法进入那种令人陶醉的"蓝色"，心头反而涌起一位东方哲人的千古感叹："逝者如斯夫，不舍昼夜。"

东京之"行"

　　古人云：难得浮生半日闲。只因暂时脱离工作环境，又不必为生计担忧，感觉"略有余暇"。于是，带上地图，利用各种交通工具，在大街小巷"东游西荡"，希望借此领略大都会的各个侧面。这种"游荡"的心态内在地限制了自己，很难摆脱"观光客"的立场，所见所感不免偏于"鉴赏"而不是"实用"。

　　从实用的立场看，地铁无疑是最佳交通工具。除了上下班时间，东京的地铁并不拥挤。如果善于避开高峰期，地铁车厢甚至是读书的好地方。地铁准点、快捷，而且冬暖夏凉，唯一的缺点是无法观赏沿路风光。头几次看看姿态、神情各异的乘客，或者读读车厢里挂着贴着的诸多广告，也颇有兴致。几天以后就感觉有点厌烦了，乘车成了一种"义务"，或者说是为了到达目的地而必须付出的"代价"。当地人尽可读书消遣，对于像我这样希望争分夺秒"阅读东京"的旅游者来说，乘坐地铁是一种"浪费"。

东京人大都很忙，出门又多乘地铁，对于地面上发生的巨大变化其实不甚了然，未免辜负了大都会的"良辰美景"。

同是地铁，又分"都营"与"营团"两大类。我喜欢后者，因其价格便宜且服务好。这似乎是"国际性现象"，民营总是比国营效率高，大概福利与效率很难兼而得之。我经常利用的"山手线"，以前是国营，现在也改为民营，据说经营状态大为好转。从我居住的白金台，走到最近的地铁或山手线车站，路程刚好相当。只要可能，我一定选择山手线。不为别的，就因为它运行在地面上，可以顺便观赏风景。白天不用说，即便晚上，也能欣赏"万家灯火"。东京不尽是水泥柱子和玻璃窗户，也有挺难得的草地和林木。这对于无法返璞归真隐逸山林的城里人来说，起码是一种安慰。每当列车经过此类"胜景"，我总贪婪地望着窗外。偶尔侧目而视，发现周围的人都忙着读书、聊天或打盹。看来我还是"都市里的村民"，老有此类不切实际的幻想，错把"生活"当"艺术"，才会为硕果仅存的几棵古树或一坪草地而激动不已。

还有一种交通工具，也能沿途观光，那就是公共汽车。东京的公共汽车线路很多，不过每班相隔时间较长，大概是乘坐的人不多的缘故。不管路途远近，上车一律180元，这对于观光客来说当然很合算。可如果是赶路，则万万坐不得；不信试试，准是"君问归期未有期"。我只乘过几回公共汽车，而且都是时间绝对充裕因而不怕堵车，任它走走停停，我自优哉游哉。公共汽车当然也有好处，除了能到达许多地铁和山手线鞭长莫及的地方外，更因"深入民间"，观赏行人的服饰以及店铺的招牌十分方便——而且居高临下，感觉甚好。可也正因为离得太近看得太清楚，反而留下不小的遗憾。为了美化都市，东京人在工地的外围或工厂的墙壁画上蓝天白云、流水绿茵，远远望去赏心悦目，走近了则有上当的感觉。"假作真来真亦假"，弄得我都不大敢相信自己的眼睛。日后碰上真山真水真花真月，再也不会"一见钟情"，老想先弄明白是"真"是"假"，实在大煞风景。

东京最让我怀念的交通工具，当属都电荒川线。这是东京都内唯一保留的有轨电车，是活着的古董，特别适合于怀旧。照样受红绿灯管制，可因为没有堵车之虞，速度不算太慢。有趣的是，乘车人的动作节奏相对缓慢，面部表情也相对放松。有人朝月台跑来，司机居然停车恭候。这种"人情味"，在追求效率的地铁里是不可想象的。最扣人心弦的是开车前那两声清脆的"叮——咚——"，绝对的金属撞击，非电子铃可比。铃声在微风中荡漾，那种韵律感久久未能忘怀。可惜此线非我出门必经之路，只能偶尔光顾。

当然，最可信赖的"交通工具"还属自己的双脚。倘若有时间、有兴致，我宁愿"安步当车"，用双脚来丈量东京。东京实在太大，

我的腿又太短，情急时只好又扎进我不太喜欢的地铁里。一边享
受"高速度"，一边怀古，这或许正是现代人的尴尬之处。

（初刊 1994 年 9 月 11 日、18 日《广州日报》）

伊豆行

　　三日伊豆行，饱览山光水色花香鸟语，也品尝了闻名遐迩的海风和海味。可最让我难忘的，却是此行浓厚的文学色彩。开始以为是为了满足主客的"雅兴"而刻意安排，回家读旅游指南，方知此乃伊豆行的保留节目。以前也见过"文学之旅"的广告，只是一笑置之；实地体验，惊讶文学与旅游相结合所产生的经济效益竟如此之大。同行诸君互相笑谑，庆贺自家从事的工作不再毫无用处了。

　　明知带文学名著游山玩水显得有点造作，我还是舍不得拉下川端康成。主人大概嫌我准备不足，釜屋君带来了梶井基次郎，芦田君则携上松本清张。于是，旅途之夜，变成了日本文学"读书会"。川端康成和井上靖二位因著作多有中译本，客人也都拜读过，这次就"免了"。看两位教授讲课的认真劲，似乎缺了这四家，游伊豆就不够格似的。

　　原先并无游览热海之计划，是根据我的提议增加的。我之知道热海大名，一因早稻田大学演剧博物馆里坪内逍遥的画赞《热海远望》，一因黄遵宪《日本杂事诗》中"要从热海浴温泉"的诗句。黄诗自注：

> 豆州热海有温泉，老树参天，游者云集。诸省郎吏，多尽室而行者。

其时热海作为旅游胜地已享盛名，一个多世纪后的今天，更因其交通便利，备受东京人的青睐。

从东京开车到热海，不到两个小时。已在伊豆半岛中部的天城汤岛町订好旅舍，因而未能领略热海的温泉。在颇负盛名的人工沙滩散步，看小孩拾捡成人故意撒下的贝壳，十分感慨。大概这就是日本之所以为日本。中国的教科书开篇便是地大物博历史悠久，而日本的教科书则强调资源不足危机四伏。在不太有利的自然环境中争取尽可能大的生存空间，这种意识根深蒂固。去年秋天在神户六甲山的回转式展望台上观风景，赞叹其人工岛的巧夺天工，同行的日本友人马上声明：这是不得已而为之，日本不像中国"地大物博"。初来日本，看不惯其风景的人工化，以为未免"小家子气"。逐渐理解这种古已有之的危机感，体贴其于有限中追求无限的心情，方能欣赏在人造沙滩上撒贝壳这样不太自然，但又显得相当优雅的行为。

　　正对着沙滩的广场上，有一棵"假作真来真亦假"的阿宫松，那是为了纪念明治作家尾崎红叶的长篇小说《金色夜叉》而"创作"的。松树的一侧立着红叶山人及其《金色夜叉》纪念碑，另一侧则是小说中男女主人公贯一与阿宫的塑像。妻子不太愿意在此塑像前留影，虽说是根据小说情节立像，可贯一踹阿宫的动作以及倒在地下的阿宫伸手哀告的神情，让她不高兴。好说歹说，才使其从"被踹"的感觉中走出来。妻子不算合格的女权主义者，尚有如此反应，想来此塑像日后必有厄运。

　　吃过热海的荞麦面，转道修善寺町。此处温泉也很有名，许多文化人来此疗养兼创作，近日在东京举行的"修善寺町所藏日本画展"，竟是此地一位旅店老板结交画家的"纪念品"。参拜过千年名刹修禅寺，也见识了已经接近绝迹的"混浴"——就在寺边不远的免费露天温泉"独钴之汤"。面对着观光图上十几个景点，举手表决，居然一致同意就访夏目漱石。此碑很不好找，在别墅区背面的小山坡上转了大半天，未见明确标志，只好在栅栏边停车。眼前是一条铺满松针和碎石的山路，半信半疑往前走，拐过两道弯，三米多高的夏目诗碑赫然出现。1910 年八九月间，刚写完《门》的夏目君因胃病到此地的菊屋旅店休养，其间病情加剧，直面死亡时顿悟生命的尊严，于 9 月 29 日作如下汉诗：

　　　　仰卧人如哑，默然看大空。

> 大空云不动，终日杳相同。

夏目君的汉文及书画修养甚深，见过其去世前不久书写的此诗条幅，一手真草潇洒飘逸。这四句诗近乎偈语，主要表达悟道的心境，非以文学性见长。据说这段经历对他后来的创作风格颇有影响，故文学史家相当重视，我因不谙此道，不敢妄加评议。本以为路远地偏，就我们能寻幽探胜；没想到刚拍过照，又陆续来了两三拨游人。

车走西伊豆环山路，在达磨山顶观看伊豆落日，别有一番滋味。

夜宿汤岛天城，浴温泉，听釜屋先生讲梶井基次郎的故事。当初梶井与川端同在汤岛静养兼写作，二人过从甚密。前者的小说充满孤独与绝望，直面死亡且善用象征手法，可惜 32 岁便英年早逝，故名声远不如后者显赫。日本人似乎对"夭折"的艺术家格外感兴趣，信浓速写馆专门收藏并展出"薄命画家"作品，小樽文学馆中则有许多"薄命诗人"的照片和手迹，参观者除了人生无常的感慨外，大概还会平添一层"千古文章未尽才"的惆怅。我没读过梶井君的作品，无法判断到底是其经历，还是其小说让世人如此感动。

第二天一早，沿着当年梶井拜访川端必经的小路，来到其寄居的汤川屋。此旅店位于猫越川边，终日得闻流水潺潺。老板正

在屋外锯木头，见有客人来访，也只是微笑着点点头。门口一块
"小小文学馆"的木牌，楼里则有一间专门收集梶井文学活动资料
的展室，入室参观者捐一百日元，作为每年举行纪念活动的费用。
上一代老板与旅客梶井君略有交情，于其去世后着意筹建此文学
馆。旅店旁边山坡上，建有梶井基次郎文学碑，整块山石上刻着
他致川端信的手迹。四周的小树和石阶错落有致，收拾得很整洁，
好在并不显得过于修饰。大概附近多温泉的缘故，樱花早开早谢。
来时东京樱花尚含苞待放，此地则连"落英缤纷"都已成过去。

比起忧郁且早逝的梶井君，得过诺贝尔文学奖的川端康成更
为世人所称道。川端君久负盛名的《伊豆舞女》写作于此地，为
整个伊豆半岛的旅游业做出巨大的贡献。至今东京每天仍有多趟
开往伊豆的"舞女号"列车，旅游巴士上更不时掠过装扮成"伊
豆舞女"模样的导游小姐的倩影。最让人拍案叫绝的宣传品还是
属于此书的"发祥地"：走在汤岛街道上，忽然发现下水道的铁盖
上居然铸着《伊豆舞女》中的男女主人公。设计者大概缺乏想象力，
让舞女和学生整天与污水打交道，而且忍受车碾人踩，实在非我
辈所能接受。

当年学生和舞女从汤岛到下田经过的路，如今不再通行。承
芦田君雅意，开车绕一大圈，转到已废弃的天成隧道南口。在阴
冷的隧道里唱歌，回声效果很好。遥想当初从这里走过的文学人
物（从抒情的《伊豆舞女》，到推理的《越天城》——松本清张此

伊豆近代文学博物馆

作未见中译本，倒是其《砂器》早为国人所熟悉），不知可曾"引吭高歌"。隧道北口多有游人走动，也立着几块说明性的木牌，当然不会忘记提醒此即大名鼎鼎的"舞女隧道"。只可惜木牌上没有标明隧道长度，随身携带的各种旅游指南也都漏了这一笔，只好由我来补阙——跛了一遍，共650步，约合450米。

其实，在隧道怀古之前，我们还参观了伊豆近代文学馆。之所以倒过来讲，纯属文人积习，为了"文气"而牺牲"真实性"。文学馆乃此次伊豆行的重点，很想将其作为"压轴戏"来唱。只可惜贪玩，对花时费力的文字考据不大感兴趣，只是走马观花一番。到过伊豆或写过伊豆的知名作家实在太多，这里展出的120家几乎囊括了大半部近代日本文学史。此馆最可骄傲的，一是《伊豆舞女》的原稿以及六次改编成电影的相关资料，一是出生于此地的历史小说家井上靖。刚好碰上了"井上靖与丝绸之路"专题展览，拍拍披满征尘的越野车，再观赏那熟悉的西域风光，颇为亲切。井上的小说多以古代中国为背景，我很喜欢；不想在此见到他"沼津"时代的家。在复原的建筑物周围徜徉了好一阵，听水车，看浮云，于宁静中感觉生命的跃动。只是限于管理规则，未能"深入堂奥"——但愿这不是对我辈读者的暗示。

还有一件小事值得一记，在文学馆附设的餐厅用午餐，妻子要了一份名为"舞女"的套餐，又贵又不好。还是我出来主持公道：谁让你吃的是"文学饭"？

（初刊《大地》1994年第11期，改题《文学之旅》）

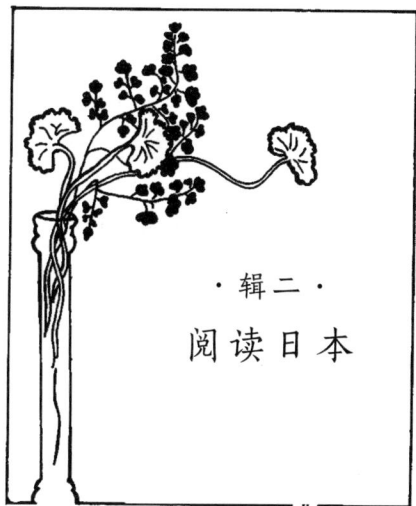

·辑二·

阅读日本

扪碑记

研究文史者多喜欢读碑，我也未能免俗。每次出外旅游，读古碑是主要节目。之所以强调"古碑"，因今人之碑多粗制滥造，文既不雅，字又丑陋，再加立意卑俗，几无可观。这里所说的"碑"，既包括由帝王封禅祭天、竖石称碑发展而来的功德碑，也包括由宫室宗庙里竖木称碑发展而来的墓志铭——后者更为我所看重。起码从东汉蔡邕《郭有道碑》起，碑就有序有铭，而且立在墓上而不是放在坟中。虽说像刘勰所赞让人"观风似面、听辞如泣"的墓志铭难得一见，读读同时代人略带夸张的评价，顺便欣赏古代的书法与石刻，也是一种兼及文史与艺术的享受。

没想到访学东瀛，还能继续这种享受。最早提醒我注意东京的"古碑"的，是现在京都大学的金文京先生。"古碑"其实不古，远者三四百年，近的也就四五十载。不是说此后不立碑，而是或只刻名讳和生卒年月，或改立日文的歌碑、句碑。江户和明治时代不少名人之墓，都有汉文撰写的墓志铭，是我阅读这一段历史的最佳教材。于是，天晴日好且有闲情逸致时，总不忘携妻子游古寺、扪古碑。

说"扪碑"，既写意也写实。历经地震和战火，现存的"古碑"并非原貌，或翻刻或移位。翻刻的容易辨认，移位的则必须发挥想象力，否则会惊讶东京的古墓老比例失调。又要保存古物，又要顾及寸土寸金的商业利益，于是有"缩碑"之说。大概现在的日本人很少光顾那些汉文撰写的墓志铭，因此常有碑背靠着围墙或两碑相距甚近以至不堪卒读者。这个时候就只好"扪碑"了。新宿净轮寺中江户前期数学家关孝和之墓乃"都史迹"，可碑阴靠墙，我只能摸出前后两行，实在没有体力读完全文；目黑大圣院有大正年间移入的受幕府弹压的切支丹T字形石灯笼，中间那幢两侧各刻一句七言汉诗，可因为旁边两幢夹得太近，摸了半天也没弄明白所言何志。

也有因流连忘返，不觉已是万家灯火，只好改"读碑"为"扪碑"的。"扪碑"虽"雅"，可实在不方便。不到万不得已，绝不出此下策。倘若是自家的过失，不能怨天，不能怨地，也不能埋怨碑建得不合理，只好夫妇互相推卸责任了。

积习难改，除了"读史"，还想"品文"。这可就有点麻烦了。《文心雕龙》之《诔碑》篇云："夫属碑之体，资乎史才，其序则传，其文则铭。""史才"不仅指叙事技巧，更兼"不伪饰"的史家精神；后者与墓志铭专标祖宗盛德的文体特征相左，颇难真正实行。古来为人撰墓志铭者，绝少不"谀墓"，故难得好文章。日本人自然也不例外。以提倡古文辞名世的荻生徂徕，其墓志铭由居高位的弟子藤忠统撰写，有传有铭，可就是言之无物。端起架子歌功颂德，尽是"天降文运斯人云受"之类的套语，焉能有好文章？借鉴传记手法，在列举德行的同时刻画人物，是墓志铭成功的奥秘。涩谷祥云寺的荒川显德碑（冈崎壮撰），叙事之余插入关于传主相貌、举止以及性情的描写，最后来一句"夙能国风，晚年尤多佳咏"，显得摇曳多姿。

要说文章之美，我最喜欢的还是港区泉岳寺的《烈士喜剑碑》。撰者林长孺有《鹤梁文钞》传世，黄遵宪《日本杂事诗》将其列入"馀子文章亦擅场"。此碑收入文钞时，评者多誉为奇文传奇人的"必传之作"。一句"喜剑者，不详何许人，或云萨藩士，盖奇节士也"，省略了许多常见的废话，且有扑朔迷离的神秘感。接着是喜剑如何辱骂国亡而"游荡不已"的大石良雄，听说赤穗四十七义士复仇后，方知错怪了忍辱负重的良雄，于是赶赴江户，自刃于其墓前。整个叙述充满戏剧性，笔法颇类太史公。赞叹过此"古之侠者"的"奇节"，该轮到讲建碑的经过了。本以为是强弩之末，没想到还能如此出奇制胜：

中西伯基亦奇士也，恒喜谈忠臣烈士事，喈喈不离口。尝憾喜剑有此奇节，而世多不之知也，欲别建一石于泉岳寺，略纪事迹，以示后人。赍费金若干，来征文于余。余时年方二十七八，未尝作金石文字，固辞，不可，乃约自今学文十年，而后草之。时余贫甚，伯基乃留其金，使余自救。尔来荏苒过二十余年，今则伯基年逾六秩，余亦五十余，皆颓然老矣。余乃为文出金，致诸伯基，遂偿两债。嗟乎喜剑之死固奇矣，伯基此举亦奇矣，独恨余文不奇耳。

黄遵宪在开列一大串"以文名世"的古文家后，称"东人天性善属文"，其中之佳作"不难攀跻中土"。此《烈士喜剑碑》大概可算一例。

不过，据明治三十一年出版的大桥义三所著《高名闻人东京古迹志》，喜剑虽隐身江湖，却并非"不详何许人"，乃肥后细川家之浪人，本名大川源兵卫。想来当年确是失考，不会是林氏为作文而故弄玄虚，不然立碑时会引起公愤的。

大桥义三此书又名《古墓之露》，专门记载其时东京尚存的名人之墓，包括武臣、国学、儒家、侠客、经济、医术、俳谐、烈士、妇人等三百余众。此君趣味与我颇为相近，可惜不记碑文，而自撰的介绍文字又过于简单。除了关于喜剑的考证，还有一则记载有趣，那就是将日本的"小说界泰斗曲亭马琴"，比诸中国的李笠翁和西洋的莎士比亚。

（初刊 1994 年 9 月 17 日《文汇读书周报》）

招魂

　　偶读梁启超主办的《新民丛报》第五号，得悉光绪二十八年（1902）正月初三，中国驻日公使蔡钧曾于东京九段坂之偕行社宴请中国留学生。两百多"郁以山河故国之思、肆以春夏少年之气"的留学生与公使共享"团聚之乐"，唯一的缺陷是此地乃日本陆军军官公所，不能允许龙旗飞扬。

　　读完这篇《中国留学生新年会记事》，总觉得气闷。所谓"偕行"，自是取意于《诗经·秦风·无衣》中的"岂曰无衣，与子同裳。王于兴师，修我甲兵，与子偕行"句意。明明知道"偕行社"乃日本陆军为纪念甲午战胜中国之役而醵资兴建，为何众人仍能"其乐融融"？那时排满一说尚未通行，总不能说战败的是"满清"而不是"中国"。大概学子们一心效仿日本变法维新，只好不计前仇。此前康有为甚至设想借兵日本，匡扶光绪（宫崎寅藏《三十三年之梦》）。可见，那时中国的读书人，对日益强盛、同时也日益蛮横的邻居，感情相当复杂。

甲午之战固然警醒国人，但更暴露了大清帝国的脆弱，无形中加剧了列强瓜分中国的步伐。正如坂本太郎所说的，此后，"清国就像一头倒下的、任人宰割的巨兽一样可怜"（《日本史概说》）。对于中国的近代化进程来说，那一仗其实是致命的：既堵死了中国在亚洲崛起所需要的国际空间，又宣告洋务运动的破产，此后只能走政治革命一路。史家曾经庆幸"因祸得福"，使得落后的中国快步进入社会主义。百年回首，尘埃落定，人们有理由想象"另一种可能性"。

中国公使在偕行社宴请留学生，大概不会想到此建筑代表了日本的崛起与清国的没落，只是取其式样之新潮。在小说《三四郎》中，夏目漱石曾以古式灯塔边盖起"偕行社一般的新式砖瓦建筑"这种不古不今的现象，作为现代日本的象征；可见此建筑当年名声不小。没有兴趣打听偕行社到底毁于地震还是战火，因为附近的靖国神社，更引发我对中日两国百年恩怨的思考。

1879年，王韬撰《扶桑游记》，叙其游览为纪念明治维新捐躯殉难者而诏筑之"招魂社"，此即后来的"靖国神社"。那时中日之间尚无战事，王氏对日人借招魂鼓民气十分赞赏：

> 每逢设祭之日，角抵竞马，烟火杂沓，鱼龙曼衍，极为热闹。此亦足以见日廷恤典之攸隆，而民生忠义之气奋发而不能自已也。

倘能长生不老，百年后故地重游，不知王韬君做何感想。反正我没王氏超然，看到的不只是"忠义之气"，更包括拂之不去的腥风血雨。

走进仍是"树木郁蔚苍翠如幄"的靖国神社，心情格外沉重。平心而论，这是东京最幽静也最为肃穆的神社。倘若不认得汉字，不了解历史，纯从观光角度评判，此地不愧为胜景。可惜树林里到处悬挂的第几师团第几连队的慰灵标志，在在提醒我那场给亚洲各国带来巨大灾难的战争。迫于外界的压力以及日本国民对侵略战争的反省，神社的布置已经相当收敛，陈列品的说明尽量采用低调。可这仍然改变不了其为军国主义"招魂"的嫌疑——这也是亚洲各国对日本官方正式参拜靖国神社极为警惕的原因。

在日本，"灵魂信仰"古已有之。将死于非命者尊奉为神并祭祀之，这种做法很有人情味。因其不分敌我，只要是死于战乱，一律供养，以慰亡灵。明治初年，这种思想依然流行。比如，东京惠比寿附近的台云寺中有座慰灵塔，便是祭祀"日清战争"中阵亡的中日两国军人。而靖国神社之突出"为国捐躯"，使得这种已在国民的宗教意识中扎根的慰灵传统有了本质的改变。此后，必须是效忠于天皇和大日本帝国的，才有资格享受祭祀。这种置幕府军队与外国士兵之死于不顾的"招魂"，在推行天皇崇拜和军国主义的同时，培养了民众的"残忍心"——很难说这与太平洋战争期间日本军队在中国以及东南亚的暴行没有关系（参见村上重良《国家神道》第三章）。当年梁启超等赞赏日本人之"祈战死"，只讲激发"尚武精神"，不问是否"慈悲为怀"。这种狭隘的"爱国主义"对国民灵魂的扭曲与污染，并非日本独有的"偶然事件"。

东京所有的佛寺和神社，都在"祈求世界人类和平"。不妨将此作为日本民族对于过去历史的一种反省。这一国民心态在靖国神社里也有所折射，那几百只专门喂养、定时诊查的和平鸽，便是例证。冬日的午后，阳光照在稀疏的树林间，雪白的和平鸽三五成群腾飞上下。洁净的砂石地上，母亲带着小孩与鸽子嬉戏，父亲在一旁录像——但愿孩子长大后能记得的，不只是"鸽子"，更包括"和平"。

并非正式参拜，因而故意旁门出入。转到表参道，方才发现巨大的鸟居以及大村益次郎铜像。此君被誉为现代日本军队的创建者，1869 年任明治政府兵部大辅，实行军政改革，同年被刺身亡。东京的"招魂社"，正是其主持创建。记得《三四郎》中原口先生不断咒骂此铜像，说是"不如建造一座艺妓的铜像更高明些"。大概正像小说所交代的，原口之所以"咒骂"，很大程度因其与铜像的制作者是"死对头"。撇开历史人物功过之争，单从铜像艺术本身着眼，原口先生不该对这尊日本人最早的"西洋铜像"如此苛刻。

夕阳余晖中，高高在上的大村君，着草鞋，披羽织、战袍，持望远镜，一脸刚毅，颇能体现那时"和魂洋才"的人格理想。

铜像的长篇铭文出自明治维新的中坚、曾任太政大臣的三条实美之手，汉文不错，书法也甚佳——那毕竟是一个刚从"和魂汉才"转为"和魂洋才"的时代。

汤岛梅花

东京赏梅的去处很多，对我来说，最方便的莫过于东京大学附近的汤岛天神。也正因为太方便了，总以为后会有期，不知不觉竟错过了好时机：第一次拜访时，"有女初长成"；第二次则已是"半老徐娘"了。没能见到其最为灿烂的"青春"，总觉得遗憾。

闲来遐想，或许是菅原君洞察世态人情，故意不让参拜者心满意足。世人多对得不到的东西格外怀念，且在想象中不知不觉将其理想化。比如我吧，就因为留下了"遗憾"，汤岛梅花给我的印象，反而比花开似锦、游人如鲫的东京后乐园、水户偕乐园还要美好。

汤岛天神的梅花其实少得可怜，名为"梅园"，也就十几株。套用刘禹锡的《陋室铭》：花不在多，有"骨"则秀；园不在大，有"气"则灵。"骨"乃虬蟠苍劲，这点大概不会有太大的争议；"气"指人文氛围，则不见得人同此心、心同此理。对有人文精神滋润的"自然"情有独钟，大概远不止我一人；要不单从"风景"

汤岛天神

论，此园实在说不上出类拔萃。汤岛梅花的魅力，很大程度来源于神社祭祀的"学问之神"菅原道真。再加上东大的魅力，此处成为高考学生祈祷的最佳场所。因而，即便说不上"谈笑有鸿儒"，起码也是"往来无白丁"。

菅原道真（845—903）乃平安前期的文人学者，曾任右大臣，蒙冤屈死后，日本国内天灾不断。人们相信这是菅原的幽灵在作怪，于是在平安京的北野建社祭祀，供奉其为"天满大自在天神"。朝廷还赐他"火雷天神"封号，希望借其威力压服雷神。中世以后，"火雷天神"逐渐演变成为专司文章、诗歌的"学问神"。荻生徂徕《菅庙》诗云:"菅公儒雅士,千岁事堪嗟";"忠冤尤霹雳,诚感唯梅花。"于"儒雅""霹雳"外,又添了"梅花"。日本本不产梅,7世纪前后方由中国传入。《怀风藻》中已有咏梅诗,此后的儒人雅士吟诗作文时更离不开梅花。大概正因为如此,在世人眼中,最配得上"梅花"的,当属此"儒雅"之菅公。

既然祭祀的是"学问神",周围名胜自然都与学问有关。进入神社,最引人注目的,是立于梅园中央的《汤岛神社一千年祭碑》。碑大而园小,有点不成比例;照常理推想,可能是当初立碑时,神社与梅园的规模都远比今天大。此汉文碑立于明治三十三年(1900),由"敕选议员文科大学教授正四位勋三等文学博士重野安绎"撰写。重野君号称日本汉文第一,当年与黄遵宪颇多交往,黄氏《续怀人诗》中有一首是献给他的:

　　得诗便付铜弦唱,对局何曾玉袜输。

　　绕鬓青青好颜色,绝伦还似旧髯无。

黄氏自注:"东人称君为三绝:一能诗,一善弈,一美髯也。"《续怀人诗》撰于出使新加坡时,所怀日人包括伊藤博文、榎本武扬、秋月种树、宫岛诚一郎等,半为官僚,半为文人,都是其使日时的好友。在东京游览名胜,常能见到黄遵宪及其友人的遗迹,故《日本杂事诗》《日本国志》以及《人境庐诗草》都是我绝好的"旅游指南"。此前此后来日的中国人，要不没他的文名，要不没他的地位，极少像他那样所交多为"当世闻人"。甲午战争前，日本人普遍对中国仍心存敬畏，慕名结交者比比皆是。而这些明治时代的名人，其文章功业，如今在日本也成了供人凭吊的"文物"，这也是我访古时总不忘携上黄氏诗文的原因。

梅园里还有一块汉文碑，也是立于明治年间，刻的是菅家遗戒二则（后来在京都的北野天满宫发现相同的石碑）。其中第二则曰：

> 凡国学所要，虽欲论涉古今，究天人，其自非和魂汉才，不能阐其闾奥矣。

日本古时崇拜中国，故以"和魂汉才"为理想人格。幕末的洋学家佐久间象山在批判汉学空疏无用的同时，提倡"东洋道德西洋艺"。明治以后，日本迅速西化，理想人格也随之改为"和魂洋才"。《日本国志·学术志》中提及朝廷为保存汉学而倡"斯文会"，《日本杂事诗》也对"抱遗编守祭器"的"汉学之士"深表同情。作为中国人，黄氏对日本的汉学由盛而衰大发感慨，其中包含"私心杂念"。想来当初立碑汤岛的诸君，也不无借古讽今、对抗西学狂潮的意味。只是时过境迁，参拜者们大概不会注意到此中可能蕴含的"苦心孤诣"。

《东京都历史散步》

《东京都历史散步》一书提及汤岛天神，介绍的是17世纪中叶铸造的铜制鸟居、18世纪中叶所立之"奇缘冰人石"，以及为新派剧名家泉镜花所建的笔冢。所有这些，对我来说没有多少吸引力。反而是神社周围悬挂的几千块绘马，令我大开眼界。

游览各处神社时，留心供祈祷者书写心愿的绘马，希望借此了解日本人的内心世界。别的神社里"寄进"的绘马，所祈者五花八门；而汤岛天神则清一色全是"学问"——除了升学，还是升学。日本人注重学历，能否考取名牌大学乃生死攸关。故绘马上所写祈祷者的心愿，不是考上大学，而是考取某大学的某专业。

作为局外人，见到居然有人祈求菅公保佑其考取东京大学的"分子化学"或"天体物理"专业时，心里总觉得好笑。菅原道真学问再大，毕竟是千年前的古人，能读懂这些绘马吗？

祈求者一脸严肃，让你实在笑不出声来。久而久之，反被其虔诚所感动。

很想也买块绘马，只是不知道该求些什么。早已过了考大学的年龄，生活琐事又不好意思麻烦"儒雅"的菅原君。况且，日本的神是否管得了中国的事，没把握。还是省点吧。

> 附记：偶读周作人《自己的园地·和魂汉才》，其中提及菅原道真，从《民间信仰史》转引其学周孔而摒革命的名言，正是上述北野天满宫和汤岛天神所立"菅家遗戒"的第一则。大概作者和引者两度翻译，与原文略有出入，这里抄录原刻的汉文，以供比较："凡神国一世无穷之玄妙者，不可敢而窥知。虽学汉土三代周孔之圣经，革命之国风，深可加思虑也。"

神舆竞演

读周作人的《日本之再认识》，深为其中的一句话所打动："要了解日本，我想须要去了解日本人的感情，而其方法应当是从宗教信仰入门。"认定从宗教入手，是理解一个民族心灵的最佳策略，这话今天看来平淡无奇。可周作人想强调的，其实不是这一通则，而是日本人在仪式中往往显出"神凭"或"神人和融"的状态，可见真正"支配着全体国民的思想感情"的，是神道而不是外来的儒家、佛教或西洋科学。作为例证，周作人举出抬神舆的壮丁"非意识地动着"，脚步忽东忽西，忽轻忽重。

这话给我的印象实在太深，以至一见第19回"日本秋祭"的广告，马上赶往明治公园。到了那里才弄明白，广告上所说的"神舆竞演"，只限在11月14日那一天。前面几天只是一般的"庙会"，对我来说没有多大的吸引力。

连日秋雨，早上出门时天色不佳，阴沉沉的，真担心又是空跑一趟。明治公园里游客不多，"演员"却不少。十几基神舆已经安然就座，广场上来回穿梭的多为身着"半缠"的游神人。看台上摆着百十张椅子，大概因为天气不好的原因，观众寥寥。

10点整，表演正式开始时，三分之二的椅子依然无主。先是童男童女的武藏国府太鼓，继以武藏流的龙神太鼓，后者用各种夸张的造型击鼓，再伴以人声叱喝，挺有气派。最让我感兴趣的是其服饰：或黄衣红袖黑字，头扎白布；或黑衣红袖白字，头扎红布，配上短裤和草鞋，显得生气勃勃。

不过，我还是更喜欢抬神舆者穿的半缠，因其显得随意和自然，没有舞台化的嫌疑。"半缠"乃江户时代庶民穿的衣服，对襟，无领，长及膝盖，穿时系以布腰带。抬神舆者穿的半缠，印有所属的町会、神社或同好会的名称和徽章，也有以江户时代最领风骚的消防队命名的。半缠的制作工艺和视觉效果颇类贵州的蜡染，前胸后背图案化的汉字尤其让我感觉亲切。进园时摇奖，奖品中最合我意的便是"半缠一件"。盯着悬在半空中的那件诱人的奖品暗暗使劲，可惜阴差阳错，只得了袋文具。

神舆终于在鼓声中出场了。没有《江户神舆春秋》等书所描述的作为前导的提灯、艺伎、神乐和歌踊，只有"光秃秃"的十几基神舆。四根方形大木抬着一基镂花着彩的神舆，几十乃至上百名穿草鞋或只着袜子的抬神者，一边叱喝一边踮着碎步，有节奏地行进。四周围着的同伴，手舞足蹈，呐喊助威，不时交替入阵。经过观礼台时，随领队一声令下，众人将神舆举过头顶，然后欢呼而去。

　　神舆有大有小，有精有粗，以我家乡赛神的经验，竞演时赛人也赛神。规模最大且最为金碧辉煌的神舆，属于湘南连合神舆保存会。尽管观众对这基装饰最漂亮的神舆报以特别热烈的掌声，我还是喜欢那些比较简朴的。或许是因"保存会"三字扎眼，总觉得其表演的成分太多，而宗教意味不足。

　　神舆原非神社专有，《平家物语》中便有山门僧众抬神舆诉讼的描述。只是明治维新后神佛分离，神舆才归神社的神官管理。江户时代的祭祀仪式以山车为主，明治以后神舆才逐渐风光起来。体积庞大的山车行动不便，实难适应现代都市生活，大地震后便销声匿迹了。随着神社地位的下降和世人宗教信仰的淡薄，至今仍活跃在东京街头的"神舆"，也越来越演变成一种民俗活动，少了柳田国男所描述"神舆发野"时的"神人和融"。到了必须组织"保存会"并发起"竞演"时，这种仪式便免不了带表演成分。

　　中午休息时，游神人散落在公园各处，有吃饭聊天的，有排队摇奖的，也有嬉笑打闹的。我则抚摸着停在一旁的神舆，鉴赏着顶上精美的凤凰、四周的勾栏和鸟居，还有前后的朱雀玄武和左右的青龙白虎。拍一下悬在四角的风铎钵，叮咚声在微风中荡漾。想象着当年游神人的神秘和迷狂，不禁惘然。

　　那边乐声又起，是泰国舞蹈团在轻歌曼舞。说好下午2点神舆再次"竞演"，此前该是泰国歌舞的天下。没想到神舆真的"发野"

了，游神人提前出征，且多即兴表演。这回神舆上站着一位略施粉黛的少女，口吹哨子，手挥纸扇，和着节奏前俯后仰，算是在指挥行动。神舆其实无须指挥，不过有妙龄少女在架子上舞蹈，总是添光彩。一位不够两位，两位不够三四位。只是架子上颠簸，一不留神就掉下来。这下子可热闹了，十几基神舆，半竞赛半自娱，越游越野，动作幅度越来越大，兴奋的吆喝声淹没了舞台上的高音喇叭。如果不是偶见神情庄重的长者，单是那些玩得挺开心的少男少女，实在无法想象这就是周作人所说的日本人热烈而神秘的宗教仪式。

认准一基神舆，跟在后面，和着节奏，踏着碎步，慢慢行进，自认挺好玩的。很想挤进去，见一下神舆，切身体会游神的感觉。只是不知人家有无禁忌。而且，如此潇洒的"半缠"中，突然杂进一个"牛仔"，实在煞风景。记得乡下抬木头时讲究"合拍"，生人因不合拍，容易扭伤腰。想来抬神舆也必须训练，否则很难做到齐心又齐步。

第二天到图书馆翻阅有关神舆的书籍，果然强调这种共同荷重的协调，代表了"和"之意义。要求游神人默想山崖端坐、险路夜行，处于一种"无我"或"无意识"状态，方能挥洒自如。这几种近年出版的书籍，不大谈论神舆的宗教意味，而多在"下町情绪的象征"或"人生的大感动"上做文章，正与我所理解的日渐民俗化的"神舆竞演"相一致。

很遗憾，没能赶上浅草或汤岛的神舆出巡。有神社和佛寺做背景，游神人和观众都会多几分虔诚。不过，公园"竞演"这一形式，倒是无意中凸显了"神舆"在现代日本的真实处境。

（初刊《二十一世纪》1995 年 6 月号）

历史文化散步

　　刚到北大求学时，未名湖边偶尔还能见到宗白华先生散步的背影。那时《美学散步》出版不久，其中许多隽言妙语，常被大学生们挂在嘴边。正像宗先生所说的，"散步是自由自在、无拘无束的行动"，可以偶尔在路旁折一支带露的鲜花，也可以捡起别人弃之不顾的燕石。"散步者"悠然意远而又怡然自足的生活态度，我辈后生其实只能心向往之。倘若只是锻炼身体抑或浏览风景，这种"散步"不难；可真要像宗先生那样，于一丘一壑、一花一鸟中发现无限，并借以体验生命、激情与诗意，如此"散步"则不易——不止需要闲心、悟性与幽情，还需要一定的生活经验和历史文化知识。这就难怪长者一般比少年更长于此道。

　　"散步者"之悠然，除得益于个人修养，更取决于客观环境。虽有"大隐隐于市"之类的说法，我还是很难想象一个人能在车水马龙、摩肩接踵的状态下悠然地散步。南朝刘孝威诗云："神心重丘壑，散步怀渔樵。"可见，古来"散步"，总是与幽静的"丘壑"

连在一起。现代社会日益都市化，即便在高楼大厦的夹缝中多保留几个街心公园，也难得从容散步的心境。

到东京的第二天，在住处附近发现一块刻着地图的锌板，上题"历史文化之散步道"。此散步道从日比谷公园到目黑站，分为三段，共八千米长，地图上标出了沿途的历史遗迹和文化名胜。对于渴望了解东京的历史文化的我来说，这散步道实在太合适了。于是，上午念书，下午携妻子访古。一座寺庙、半株古树、几块残碑，都能让你流连忘返。真没想到，繁华的大都市里，居然隐藏着这么多幽深的风景。"结庐在人境，而无车马喧"，看来陶令的想法并非绝对不可能实现。高楼的阴影还在，可旁边的寺庙竟寂静得听得到虫鸣。东京有一千多座佛寺，旅游者常去的不过一二十座，其余尽可作为寻幽探胜的好去处。除了寺庙，还有古道、建筑、史迹等，如此漫游，不啻阅读"历史"。天性好奇，不习惯被人家牵着走，总觉得既是散步，就该自由自在。不时灵机一动，横生枝节，八千米的散步道，竟走了六七天。

正庆幸走完了"历史文化之散步道"，目黑站旁边的另一块锌板，让我顿失游兴。那是从目黑到调布的"散步道"，长约十二千米。这还不算，日比谷公园那边也有新的散步道。后来才知道，东京此类"历史文化之散步道"甚多，根本不可能一一拜访。

东京人的生活节奏很快，地铁站里尚且一路小跑，实在难得悠闲的散步。设立"散步道"，目的大概正是为了培养其对历史文化的兴趣。因为，就自然风景而言，东京没什么可夸口的；但如果希望了解江户乃至日本的历史文化，则东京大有可游之处。

其实不止是东京，各地都有类似的"散步道"，只是标示的方法不一样而已。好多旅游图册上除了介绍名胜古迹外，还标明各景点之间步行所需的时间。就像快餐食品风行世界，步履匆匆的现代人大都只能满足于"到此一游"。"走马"无法"观花"，坐在客车里张大嘴巴听导游解说的游客们，难得真正体味旅游之趣。要求游客下车，使用自己的双脚和眼睛，在一种即便是短暂的"散步"状态中冥会古今——这种设想不可谓不佳，只是实行起来不易。历史文化之散步，除了需要"昂贵"的时间，还需要同样得之不易的背景知识。看日本人捧着厚厚的"某某历史散步"之类，在各名胜古迹按图索骥，真不知道说什么好。按理说，既是散步，就不该如此紧张；但现代人没那份知识与才情，随便走走固然潇洒，很可能一无所获。自然风光取其触目惊心，越出乎意料越好；名胜古迹则必须事先预习，旅游时方才能"精骛八级，神游万仞"。

在日本，观光是一门重要产业，精美的旅游指南随处可见。东京、京都等大城市里繁忙的地铁或电车线路，甚至各自月出一刊，推荐本月"最佳散步道"。此类自由取用的广告读物，对引导游客的去向起了很大作用。记得谷崎润一郎的《漫话旅行》曾攻击铁道部和旅游局的宣传，使得名胜古迹成了城市的延伸，糟蹋了大好风光。但这是没办法的事情，政治上的民主化与文化上的平民化，使得谁也无权垄断知识、独占风月。要求雅趣者，只能人弃我取，因而也就更容易显出手眼高低。

历史文化散步之最大特点，莫过于将眼前的风景与古时的场面相重叠，在思接千古的同时，超越平淡乏味的日常生活。因而，此类"散步"或多或少带有"怀旧"的意味。能被后人记忆的"千古"，必然或波澜壮阔或神秘幽深。只是具体到每个散步者，不可能直接面对古人，只能借助于传世的文献。这就决定了散步者的所思所感，很大程度受制于其接受的历史文献。平日读书有限，不免常常临时抱佛脚。倒是国木田独步的《武藏野》早有译本，给了我明治时代东京的最初印象。此次东游，距独步开始描述武藏野风光正好九十八载。说来真是巧合，我在东京散步的季节，与独步一样，也是自初秋至翌年的春天；独步隐居的涩谷，离我寄宿的白金很近，常有顺路拜访的机会。百年沧桑，昔日东京郊外的"诗趣"，如今安在？很希望能像独步那样，"漫步于原野，徘徊于林中"。世田谷、小金井、新宿、白金……那些熟悉的地名还在，涩谷的道玄坂与目黑的行人坂也都"别来无恙"，只是没了林间的小径以及遍地的萱草。在独步留下足迹的这片"昔日的原野"散步时，总忘不了《武藏野》中那段令人心醉的描述：

　　在武藏野散步不必担心会迷失路途。在任何一条道路上

信步走去，到处都有值得你看，值得你听，或是值得你感
动的事物。只有在这千百条纵横贯通的小径上漫步的人，才
能真正领会到武藏野的美。不论是春、夏、秋、冬，还是清晨、
白昼、傍晚、深夜，不论是在月下、雪中、风前，或是在下雾、
结霜、飘雨以至秋雨绵绵的时候，只要在这些小路上茫然前
行，随意地左转右弯，那末，到处都有着足以给我们满足
的事物。(此处借用金福的译文)

很难说武藏野的变迁是祸是福，"大都市"对田园风光的吞噬，非
独东京然。让我感慨不已的，并非几乎不可阻挡的都市化进程，
而是现代人感觉的日渐迟钝以及趣味的日渐粗俗。都市自有都市
的美，只是难得独步那样诗意的眼光。

　　散步者的被感动，固然与外界的刺激有关，但更重要的是个
人一时一地的心境。到过许多号称"日本第一"的名胜，可要说
印象深刻，还属出石之行。从京都乘山阴线北行两个多小时，在
丰冈市转汽车再东行一小时，方才来到出石古城。此地现为兵库
县出石郡出石町，人口不过两万；但中世时却因迅速崛起的山名
时义一族六分天下得其一，且与织田信长"逐鹿中原"而名垂青史。
站在有子山上的出石城遗址，俯瞰今日平静的小镇，想象五百年
前的刀光剑影，别有一番滋味在心头。

　　小城游客甚少，但观光中心、旅游手册、名所标志，加上佛

殿神社以及美术馆和史料馆，应有尽有。如果单从旅游业角度考虑，如此铺排必定赔钱；想来当地居民并非纯为招徕顾客，而是愿意生活在这么一种历史文化氛围中。在古风犹存的街道漫步，拍拍因风吹雨淋而变得黝黑的木板房，摸摸路边长满青苔的石灯笼，闻闻仍在飘香的酒藏，再敲敲经王寺里寂寞的梵钟，一切都显得那么熟悉、那么亲切，仿佛回到了我的家。"回家的感觉真好"——尽管我从未在类似的古城长期居住过，但那一瞬间的感觉是如此真实，以至我忘记了这是一座异国的小镇。

出石行乃平田君所设计，我事先没有阅读相关资料，访古时不免有所遗漏。散步者对历史文化的特殊兴趣，别人是无法取代的。回到家中，翻阅在小城书店买的《出石历史散步》，发现此地出过两位我很感兴趣的人物：一位是明治时代思想家、东京帝国大学第一任校长加藤弘之；另一位是江户中期高僧、对佛法与剑法都有精湛研究的泽庵和尚。前者的出生地就在经王寺旁边，自然不会被忽略；后者晚年隐居的宗镜寺藏在山脚，竟失之交臂，实在可惜。

不管在东京为荻生徂徕和福泽谕吉扫墓，还是骑单车在京都市内转悠，寻访罗振玉、王国维遗迹，我都是有备而去，因此不会空手而归，多少总有点收获。在小地方旅游可就没这个便利，猛然间撞到一处古迹，根本来不及查书，那时只能靠平日的积累。正因为近乎"考试"，反倒有一种特殊的韵味。

阴雨连绵的初夏，我与妻子赶往长崎县的佐世保市观光。接车的松冈君塞过来一叠旅游手册并征求意见，对此地一无所知的我们则宣称"客随主便"。于是，半个小时后，我们来到了弓张岳展望台上。其时风雨飘摇，视线大受限制。主人不断地表示歉意，说是晴天时可清晰地看到左边的九十九岛和右边的平户市。我到过日本三景之一的松岛，能想象得到九十九岛的景色；倒是这不在旅游计划中因而也毫无了解的"平户"，让我浮想联翩。

首先浮现在脑海的，是一块我从未见过的石碑，以及苏曼殊的一首七绝："行人遥指郑公石，沙白松青夕照边。极目神州余子尽，袈裟和泪伏碑前。"此绝句题为《谒平户延平诞生处》，第一次听先师黄海章先生含着老泪吟诵，颇受震撼。我对平户的了解，除了延平郡王郑成功诞生于此，再就是元朝舟师之折戟沉沙。元世祖至元十八年（1281），范文虎、阿塔海奉命将兵十万，以战船九百征日，在此地遇风暴全军覆没。晚清来日的中国文人，不管是使东大臣何如璋，还是一介书生黄庆澄，船泊平户时都喜欢凭吊古战场；可惜《使东述略》和《东游日记》均只作考证而不发议论，无法窥见其真实想法。

轮到我来发怀古之幽思，中日间又多了几重恩怨。昨晚还在广岛的和平公园徘徊，转眼间变成远眺平户古战场，几百年历史风云涌来眼底，让人不知如何评说才好。本是悠闲的散步，没想到竟变得如此沉重。看来，"历史文化散步"也有不尽如人意处；尤其是当你想"万虑皆忘"时，过多的历史感会搅得你不得安宁。

1994 年 9 月 3 日于京西蔚秀园

（初刊《东方》1995 年第 1 期）

从东京到江户

"从江户到东京"，那是史家的拿手好戏，事实上图书馆里确有不少以此为题的学术著作。"从东京到江户"则不符合历史时间，只有像我这样热心而又固执的游客，才会如此阅读日本这部大书。"倒着读"似乎名不正言不顺，但本来就不是专家，没必要故作深沉，尽可凭兴趣随便翻翻，说不定还有"千虑一得"的时候。

"江户"位于隅田川汇入东京湾处，因此而得名。虽说考古学家将最初的"东京人"溯源到几万年前，可江户作为一个重要城市登上历史舞台，却只能从庆长八年（1603）德川家康就任征夷大将军并在此地设立幕府开始。此后两个半世纪，江户一直是日本实际上的政治中心。明治元年（1868），江户改称东京，虽无迁都之诏，但因天皇及政府均在此地，自然便是首都了。

中国派出第一任出使日本大臣是在明治十年（1877），驻节的地点是"东京"而不是"江户"。中国人对"蕞尔小国"的邻居另眼相看，是因其"明治维新"而不是"封建割据"。此后百年，中日两国恩怨甚多，不管出于何种目的，中国人关注的始终是维新以后的日本。因而，"东京"之大名如雷贯耳，"江户"则逐渐消失在历史深处。

也有几个例外，比如黄遵宪、章太炎、周作人、戴季陶等，便都对"江户"大有好感。黄氏驻日时接触的多为幕府旧臣或日渐衰微的儒学家，对新政之崇拜西洋颇有微词，对幕府之"深仁厚泽"相当赞赏。这种对"江户"及主政两百余年的德川氏的怀恋，《日本杂事诗》中时有流露。章氏几次流寓东京，最长时达五年，诗文中屡屡提及的却是"江户"。太炎先生好古，读古书，写古字，自然喜用古地名；但更重要的是，当年中国人在日本的感觉，"一半是异域，一半却是古昔"。周作人《日本的衣食住》中提及夏曾佑、钱恂在东京街上欣赏店铺招牌之文句字体，"谓犹存唐代遗风，非现今中国所有"。而这种"唐代遗风"，正随西化狂潮而逐渐失落，我相信这也是章氏留恋江户的原因。

近年周作人的随笔大受欢迎，其喜欢江户文化也就变得"路人皆知"了。倒是戴氏不大为人提及的《日本论》值得介绍。此前谈论日本的，多强调明治维新的伟大意义，戴氏则提醒大家不要"忘却德川时代三百年的治绩"："在维新以后一切学术思想、政治能力、经济能力，种种基础，都在此时造起。"单从革命无法"输入"或者封建造成文治武功的竞争，很难充分说明幕府统治的合理性。不过，不再将"开国"作为日本成功的唯一因素，戴君确有远见。

几年前初渡扶桑，因来去匆匆，像绝大部分游客一样，我只看到了繁华的大都市"东京"。这回有机会在大街小巷转悠，慢慢品味，感觉上越来越接近"江户"，或者说，越来越体会到现代日本人及其生活里残存的"江户情调"。说实话，我很喜欢这种"情调"；但限于学识，无法把它准确表达出来，还是谈谈个人的游历吧。

登上位于新宿的东京都厅顶楼，俯瞰阳光下车水马龙的大都市；或者坐在新大谷饭店的旋转酒吧，观赏远比星空灿烂的都市夜景，不止一位日本朋友告诉我：这是日本人学习西方一个半世纪的结晶。这话里充满自豪，但也夹杂一丝不易察觉的辛酸。表面上日本的西化速度最快，也最成功。但深入接触，你会惊讶不断"拿来""拿来"的日本人，骨子里相当保守，真的是"和魂洋才"。明治初年的"鹿鸣馆文化"，只不过昙花一现；善于学习的日本人，始终没有"全盘西化"过——尤其是在思维、感觉与趣味方面。三千寺庙与神社，无数江户食品与习俗，还有仍很活跃的相扑与歌舞伎，在在提醒你这是在东京而不是纽约或巴黎。有发展旅游业或者提倡爱国主义的嫌疑，但日本人似乎也真的喜欢原有的生活方式。到居酒屋里聊天，到小巷深处散步，到普通人家做客，你都能够感觉到这一点。

除了日常生活，我对江户历史与文化的了解，一半得益于博物馆，一半得益于墓地。

江户东京博物馆说明书、参观券

　　先从博物馆说起。东京可看的美术馆、博物馆很多，晚清来日的中国人已很有慨叹：同是学习西方，国人为何不大注重这些"没有围墙的学校"？即便是今天，日本人建立或参观博物馆的热情也仍在中国人之上。这似乎不能完全用经济发展状况来解释。

　　东京最让我留恋的博物馆，是位于隅田川畔两国桥边的"江户东京博物馆"。在寸土寸金的东京，腾出这么一大块地建造不能来钱的博物馆，这对于习惯精打细算的日本人来说，实在不容易。初见此将近两万平方米的江户东京广场，我的第一感觉竟是

"过分奢侈"。四根巨大支柱支撑着船型大屋顶，并把博物馆分成上下两截。下面是放映厅、办公室以及举行特别展览的地方，上面则是收藏库、图书馆以及常设展览室。这是一个集展览与研究为一体的博物馆，不过从印刷精美、价格昂贵的"综合指南"看，其展示及撰稿，调动了一大批知名学者与作家。乘自动楼梯来到第六层，展现在眼前的是完全按江户时代复原的日本桥。桥两侧有山车、戏院、商店、民居、报社等实物或复制的模型五十多件，并借此分割成若干展区。像浮世绘、歌舞伎、产业革命、明治建筑等，虽也有相当出色的表现，但不如专业展览馆详细，且平日里不乏鉴赏的机会；最让我感兴趣的，一是都市的原型，一是市民的日常生活。

建筑是最能体现一个民族的生活理想及审美趣味的，可惜经过江户三大火事、关东大地震以及美军轰炸，目前东京城里，很难看到真正的"江户建筑"。每当面对精心保护的江户时代的残垣断壁时，脑海里总会浮现那百万人口的大都市；可每一回的想象都不一样，而且场景支离破碎，无论如何组织不成一幅完整的画面。观赏着博物馆里众多的江户图屏风以及地图、模型，对照往日访古时自家的想象，十分有趣。偶然也有猜对的，但更多的是离谱的发挥——后者更让我和我的朋友开心。

第五层是展览的主体，包括江户和东京两部分。我对江户救火的组织及工具、出版物的生产与流通、商店招牌的字体、市民的旅游路线等都很有兴趣。说实话，我对江户的了解，尤其是日常生活方面的，主要得益于此博物馆以及"深川江户资料馆"。

后者也在隅田川边，不过不大好找，我们是倒了几次车，又问了几回路，方才如愿以偿。博物馆乃东京都所设，资料馆则属于江东区——可这并不说明后者水平一定"降一级"。对于希望了解江户市民日常生活的人来说，后者或许更有用。按照历史资料，复原幕末深川佐贺町桥边的部分建筑，包括民居、商店、仓库、舂米屋、船宿、观火台，以及路边的柳树和茶水摊，俨然是一个完整的小社区。屋里的生活设施（包括锅碗瓢盆、柴米油盐）一应俱全，参观者可以登堂入室，东摸摸，西看看。让观众坐在展品中，自由自在地"生活"，这比隔着玻璃瞭望亲切多了。明知不可能真是150年前的街道和房屋，但伫立其间，还是油然而生一种历史感。展览不大，但做得很认真，看得出是专家的手笔。相反，日光山附近的"日光江户村"，名声和规模都很大，但一看就是"假古董"。走在熙熙攘攘的江户村街上，看众多打扮整齐的假武士、假忍者、假艺伎、假水户黄门为你"装模作样"，3000日元的门票不能说太贵。叮就是感觉没多大意思，还不如面对一块残碑自由想象时有趣。

东京的残碑大部分保留在寺庙的墓地里，那是我了解江户历史文化的另一个好去处。冬日的午后，踏着残雪，在寂静的寺庙周围漫步，是我和妻子东京游的主要节目。平日总是事先阅读有关资料，设计游览路线，力求少走弯路。那天灵机一动，突然出击，说是去找找当年章太炎借住并为鲁迅等人讲课的《民报》社遗址，顺便看看明治小说家尾崎红叶旧居迹。那一带是旧城区，街道东歪西斜，不大规整，再加上没有其他地方常见的旅游标志，居然让我们迷了路。走出东西线的神乐坂站，夫妇俩就开始闹别扭，"方向""路线"之争持久不懈。后来干脆响应政府的号召，也来个"不争论"，顺其自然，走到哪算哪，看到啥是啥。结果呢，想看的没看到，没想看的倒见到了。用中国的老话说，这叫"有意栽花花不发，无心插柳柳成荫"。回家一合计，一下午逛了三处名胜，全与江户的风流人物有关。或许是苍天有灵，故意布下迷魂阵，将我们从"明治"引导向"江户"也未可知。

在小巷里游荡，一边欣赏路边风景，一边互相埋怨。忽然感觉"有情况"，四周都是民房，何以留出大块空地，并且用围墙圈起来？仔细搜索，锈迹斑斑的铁门边立着牌子，原来是大名鼎鼎的国史迹"林氏墓地"。自林罗山以儒学佐德川家康建霸业以来，林家世代司幕府之学政，显赫非止一时。一世罗山墓原在上野，三世凤冈时赐地于此，于是改葬。墓地里现有墓碑八十余基，一律儒葬，异于日本原有的墓葬方式。据说此地原是丘壑幽远，老树苍郁，想来风水不错。只是明治以后，儒学衰落，墓地也就日渐缩小，如今占地不过三四百平方米。墓地只在每年 11 月初旬的"文化财保护周"时开放，平时参观必须提前申请。像我们这样的不速之客，只能从门缝和小窗窥探。这样也好，保留一点神秘感，也便于发挥想象力。树荫下光线不好，再加上没带望远镜，根本看不清墓碑的题词。

江户前期数学家关孝和的墓碑同样看不清，不过那是另一种情况。离林氏墓地不远，有一座规模很小的净轮寺，寺里最有名的便是都史迹关孝和墓。关氏生于1642年，卒于1708年，天文历算，莫不精通，时称"算圣"，撰著数十，门人数百。

现有的墓碑虽说也古色古香，却是昭和三十三年（1958）复刻的。正面碑文与众不同，居然夹着"赠从四位时明治四十年十一月十五日"一行小字，显得不伦不类。其余三面刻着宽政年间撰写的墓志，可惜碑背贴着墙，根本无法识读。看看开头，再读读结尾，中间部分随游人自由发挥。如此理解，倒也别具一格。当初没想到这一步，还把立碑者狠狠嘲笑了一通，真是有失忠厚。

转到宗参寺时，天已渐黑，赶紧寻找山鹿之墓，那可是"国史迹"，不可不访。山鹿素行（1622—1685）乃江户前期著名的儒学家和兵学家，与后世武士道的崛起大有关系。碑文已经看不清了，只觉得墓前那对延宝年间的石灯笼古拙可爱，再就是所谓"乃木遗爱之梅"已经含苞待放。梅旁的木牌上写着，殉明治天皇的乃木大将，生前私淑素行，死后其门人将其喜爱的梅花移植于此。可乃木死去已经八十多年，"老梅"为何竟如此纤细瘦弱？想来必是后世的好事者补栽。好古之心人多有之，只是不该如此含糊其词。

一下午闲逛，居然邂逅江户前期儒学、数学、兵学三大名流，如此迷路，又有何妨？有了这一回经验，在东京访古，不再周密计划，而是更多"灵机一动"。当然，这么一来，也就不免多走些冤枉路，多花些车票钱。

不同于千年帝都北京，也不同于新兴商业中心上海，200年前的江户，政治经济同步发展，雅俗文化日渐融合，其独特的魅力令我陶醉。离开东京前一天，和妻子专门乘地铁赶到浅草寺附近的吾妻桥，在隅田公园呆了大半天。江水平静地流淌，夕阳下波光明灭，但与周围剑拔弩张的建筑物与霓虹灯相比，还是显得含蓄朴素多了。大概是阅历太多，隅田川不会轻易激动。唯其"含蓄"，才耐看，才能容纳古往今来无数骚人墨客痴男怨女金戈铁马，也才能留下无边无际的怀念与遐想。

1994年9月13日傍晚完稿于蔚秀园。

时感冒未愈，文思困顿，如此短文竟写了五天，惭愧之至。

（初刊《东方》1995年第2期）

文学碑

东瀛访学，常常碰到这样的提问：中日两国文学的最大差异是什么？这样的问题其实无法回答，只是为了不让提问者太扫兴，偶尔也搪塞几句。比如说文学之有用与无用，便是一个可以即席发挥的话题。后来干脆避实就虚，就从不讲"文章救国"的日本反而大建"文学碑"说起。不懂比较文学，直到今天也没弄清什么是"最大差异"。不过，关于"文学碑"的感触却是真实的。

都说日本人讲实用、重功利，缺乏理论兴趣与超越意识，这话或许没错。可在日本旅游，观赏各种各样名目繁多的文学碑，你又隐隐约约感觉到其内心深处超越世俗生活的强烈愿望。自古以来，文学在日本基本上"无用"；但或许正是这种不大介入现实政治生活因而无用（相对于中国文人而言），使得文学保持某种独立性与超越性。世人对作家的推崇，除了一般意义上的名人崇拜外，还包含了对另一种更具审美意味的生活方式的向往。褒奖诗人，不排除附庸风雅或出于发展旅游业的考虑；但文学碑多而政

98 ·

治家的功德碑少，还是颇能说明一个民族的趣味的。

日本朋友说，立文学碑是从中国学来的，因为中国人将文章作为"经国之大业，不朽之盛事"。我很怀疑这种说法。在中国，有"文庙"（"庙"自然比"碑"更有气魄），但只属于孔子一人；有"文冢"（"冢"上不妨有"铭"），但那只是如唐人刘蜕"为文不忍弃其草，聚而封之也"。想来想去，找不到专为纪念诗人文学成就而立的碑。碑之为制，古已有之，颇受历代撰文、辨体者重视。明人徐师曾《文体明辨序说》中有一段话专讲"碑文"，值得一引：

> 后汉以来，作者渐盛，故有山川之碑，有城池之碑，有宫室之碑，有桥道之碑，有坛井之碑，有神庙之碑，有家庙之碑，有古迹之碑，有风土之碑，有灾祥之碑，有功德之碑，有墓道之碑，有寺观之碑，有托物之碑，皆因庸器（彝鼎之类）渐阙而后为之，所谓"以石代金，同乎不朽"者也。

如此琐碎的分类，尚且没有"文学之碑"。不知是中国的诗人过于自信，真的认定"纸墨之寿寿于金石"呢，还是"不朽之盛事"云云，乃文人之聊以自慰。为什么文人非托"古迹"，即因"功德"，方才能在碑林觅得立锥之地？真不明白中国人到底是否真的重视文学。

那么，遍地"文学碑"的日本，文学就备受恩宠了吗？不敢说。只是作为一个旅游者（惭愧得很，不敢冒充专家），文学碑的设立，为我的阅读日本文化提供了很多便利。每次出游，访碑便成了必不可少的项目。当时沉湎怀古，不曾认真考察文学碑的建制；等到落笔为文，眼前晃动的只是几个印象格外深刻的场景。就从这几个场景说起吧。

上大学那阵子，无产阶级文学吃香，小林多喜二（1903—1933）是我阅读最多的日本作家。中文系的课程里，外国文学本就不太重要；轮到日本，就只剩下《源氏物语》和小林君了。那时候国门刚刚重新打开，外国文学译本不多，能找到的都读。何况小林的《蟹工船》《在外地主》《党生活者》等，还是课程规定的必读书。物换星移，如今的大学生当然不会再把小林当作日本文学的代表；只是偶尔听到有人用轻蔑的语气谈论小林君时，心里总是感觉不舒服。小林的文学成就不高，这我早就明白；让我敬佩的是其作为知识者的道德勇气。在我看来，日本无产阶级文学运动的功过，与小林君为反抗统治者压迫而献身，两者不是一回事。后者并不因为时世变迁而丧失其光辉。旅居东京时，曾到过拷打小林君致死的筑地警察署遗址凭吊。北海道之行，自然更少不了拜访小林就读并开始文学创作的小樽高等商业学校，因为听说那里有一块小林的文学碑。

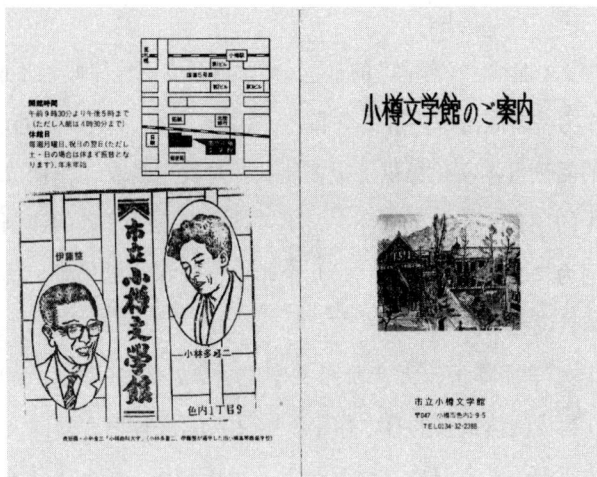

小樽文学馆指南

从北海道的首府札幌乘快车到小樽，只需 40 分钟。那是一个海港城市，面向日本海，明治十三年（1880）开通日本第三条铁路后，成为北海道开拓物资的集散地以及商业中心。当年曾经领尽风骚的银行街建筑以及运河边的石造仓库群，如今已成为观光者流连的历史遗迹。旅游指南上没有忘记提醒大家，后者正是《蟹工船》里所描写的制缶工场。客运码头边，有一家酒馆，干脆就叫作"蟹工船"。不管出于何种目的，小樽人毕竟没有忘记小林。小樽文学馆的印章上，镌刻的正是小林及其同学伊藤整的画像，展品也以这两位小说家的著述和生平为主。

　　向当地人打听小林文学碑，说是在山上，不大好找。只好包租一辆出租车（否则上得去下不来），沿着山路，转到原小樽高等商业学校背后的山上。离文学碑几百米处停着好些汽车，不过与小林无关。那里有座展望台，是看小樽全景的最佳处，常有游客光临。也幸亏冷清，文学碑显得庄严肃穆。绛红色石头砌成五六米高的两面墙，像是一本打开的大书，也像紧闭着的监狱大门。左边自上而下依次是小林头像、碑名及题词，右边则在方形洞中嵌着青铜头像，一脸刚毅，大概象征着无产者。初夏时节的小樽，太阳不晒，碑后的白桦林嫩黄中夹着雪白，空气中弥漫着海腥味。坐在碑前，眺望远处碧蓝的日本海，遥想半个多世纪前，从这里走过的文学青年。

　　司机告知，收费以小时计，还有剩余时间可以访问石川啄木（1886—1912）歌碑。短命的天才诗人啄木，曾在北海道流浪一年，如今小樽、札幌、函馆等地都有其歌碑，与其生前的穷愁潦倒形成了鲜明的对照。歌碑立在另一座山头的小樽公园里，大意是：

　　　　小樽是座悲伤的城市，小樽人的歌声苍凉忧郁。

与小林碑的寂寞截然不同，啄木碑前围着大群少女，正怀着甜甜的忧伤，摆着各种姿势照相。

　　访小林文学碑是蓄谋已久，对可能出现的各种情景都有心理准备，包括"门前冷落车马稀"之尴尬，都在意料中。这样的访古，"也无风雨也无晴"，基本上是圆梦或还愿。我更喜欢意外的"发现"，突然间面对一块你不大熟悉的作家的文学碑，需要调动一切积累，并向周围的朋友请教，那既是怀古，也长知识。所谓寓学于游，借访碑了解日本文化，主要指的正是这种场面。但这样有趣味、有性灵、有情致的机会其实不太多，要不作家太生僻，引不起兴致；要不碑太俗，无法产生美感。对于访古的人来说，碑的年代几乎与其价值成正比。而我却竟被荒山野岭上一块刚建的新碑迷住了，说来也是"有缘千里来相会"。

还是先从我与幸田露伴（1867—1947）的"缘分"说起。在东京大学和京都大学演讲，曾谈及现代人的"文""学"分离。日本朋友告知，在日本，最后一位学识渊博的大作家是曾任教京大的幸田露伴。此前，曾在神保町买到大正四年出版的露伴等人讲述的《新论语》，赶快取出拜读。露伴受过系统的日本古典及汉学教育，其小说《风流佛像》《五层塔》中刚强执拗的男主人公，与其说是张扬近代西方的个人主义，不如说是混合儒佛以及武士道的"大彻悟"。《新论语》中露伴训解的是"为政""八佾"两章，看他发挥孔夫子"五十而知天命""温故而知新""学而不思则罔，思而不学则殆"等名言，实在有趣。不过也就是翻翻而已，对于露伴，我基本是既不"学"也无"思"。

那天与朋友开车游日光山，黄昏时候，来到栃木县与群马县交界处、海拔2000米的金精岭。此地高寒，因冬季积雪而封闭的国道刚刚开通，路两边残余的雪堆有一人高。正赞叹着雪尚未化尽而墨绿的唐松已生气盎然，忽见冷寂的路边矗立着一座纪念碑，赶忙停车观赏。约四米高、两米宽的原生石上刻着"幸田露伴文学碑"几个大字，下面是一段文章的摘录。读了碑背的说明文字，方知明治二十二年（1889）露伴由日光经此地，写作了充满奇异幻想的小说《对髑髅》。片品村教育委员会于小说诞生百年之际，立碑纪念。此碑已立四年多，以日本资讯之发达，手中刚出版的旅游指南不该漏记，不知是否因立碑者"级别不够"。别人感觉如何不得而知，我对这块碑很有好感。立意及制作工艺均不错，更因其独立天地间，山色苍茫中自有一种大度与尊严，更使得荒无人烟的群山峻岭顿添生气。立碑者在旁边还辟出一片空地，让匆匆开车赶路的过客得以从容休息；至于能否领悟露伴文学的意境与情趣，那就得看个人的悟性和修行了。

除了专门为某一作家或某一作品立碑，还有在名胜古迹，选择与其相关的诗文片段立碑。这种文学碑数量甚多，不少变成高级的"景点说明"，不大有趣。但也有相得益彰者，比如东京净闲寺里的永井荷风诗碑。

永井荷风（1879—1959）是周作人最喜欢的日本作家，其《荷风随笔》《东京散策记》《江户艺术论》等经常出现在知堂文章里。我对荷风了解不多，除了"一种风流吾最爱，南朝人物晚唐诗"

过目不忘，再就是他对浮世绘的赞叹、对已经逝去的江户风情的迷恋、对花街柳巷的兴趣——后两者促成了《隅田川》《墨东绮谈》这两部名著的创作。此次东游，颇醉心于江户的流风余韵，多少次徘徊于隅田川边。但我心里非常明白，"往日风流"不可能再现，所谓的"乡土艺术"，很容易演变成为旅游纪念品。

东京保留了不少真真假假的江户遗迹，唯一不能恢复的是"游廓"。昔日骚人墨客寻欢作乐的柳桥、新桥和吉原，是江户作为繁华大都市不可或缺的场景。尤其是1657年开设的新吉原，是幕府公认的唯一"游廓"，最盛时游女超过3000人。三轮桥附近的净闲寺，葬有江户时代之游女两万余人，故谚曰："生在苦界中，死于净闲寺。"

说不清是出于旅游者的好奇，还是喜谈风月乃文人习气，晚清以后来日的中国文人，像王韬那样终日寻花的固然不多，但在诗文中故意牵涉一点异国青楼的却不少。自1958年《防止卖春法》实施，结束了新吉原三百年繁华梦，到此一游的雅士也就难得一见。如今的吉原，起码从外表上看不出任何特异之处。我访吉原那天，首先拜访的是净闲寺；倒不是有何深意，就因为这样走起来路顺。寺庙在重修，大门紧闭，但游客可从旁门出入。在临时搭起的工棚边转来转去，终于绕到寺后的墓地。墓地不大，周围是郁郁葱葱的树木，加上细雨蒙蒙，陡然让你觉得阴森森的。墓地中间是总灵塔，基部就刻着上引的谚语。一米多高的台基上，石莲花托着墓碑，上刻"新吉原总灵塔"六字。塔前香烟袅袅，游人奉献的鲜花已经枯萎，只有慰灵的长木排不怕风雨，仍傲然屹立。

引起我极大兴趣的，是总灵塔对面立着永井荷风的诗碑和笔冢。诗录自《偏奇馆吟草》中的《震灾》，并非专门为此寺而作。据说荷风生前喜欢造访净闲寺，哀悼死去的游女。自留学归来着意寻求"江户趣味"，荷风经常出入青楼，且与艺伎结婚、离婚，自是最有资格为游女写悼亡诗者。日本文人历来不太"道学"，再加上江户游戏文学的传统，置荷风诗及像于此，想来本人不会尴尬，游客也觉得"当之无愧"。

1994 年 9 月 7 日于蔚秀园

附记：文章早就写完，一直压在箱底，不想拿出来发表，就因为述及露伴的文学碑时语焉不详。手头只有当初游览时拍的录像，碑文一扫而过，无法释读。来访的芦田君自告奋勇，回日本后给片品村教育委员会打电话，方才明白碑的正面刻着《对髑髅》开篇的几句话。现抄录碑文大意如下：俗话说，出门靠旅伴，处世靠人情，然而我却从不知道那样的滋味。有一位仁慈的女人，给我述说了她的身世。但是，她所说的故事，显得有些可怕，也有些神奇。

（初刊《东方》1995 年第 6 期）

西乡铜像

到过东京的人，很少不游上野公园；游上野公园的人，很少不瞻仰西乡铜像。引起我对这座铜像的兴趣的，并非其雕塑艺术，而是日本人对西乡隆盛的评价。

春夏秋冬，阴晴圆缺，徘徊于西乡铜像之下，观察游人的神情，至今未见抗议或深表怀疑者。想来大多数日本人都同意碑文的意见，视西乡为"伟人"。至于其明治十年之举兵反叛，碑文和旅游指南上都用隐晦的语言一笔带过。可我到过熊本城，也阅读了不少关于西南战役的资料，略了解这日本历史上最后一次大规模内战之惨烈。有趣的是，官方和民间至今没有为"叛乱"平反，可又努力为其首领西乡隆盛开脱责任。西乡兵败自杀后12年，明治天皇追赠正三位；又过了四年，25000人集金修西乡铜像。令我感慨不已的是，日本人对其"开国元勋"兼"叛军首领"的态度竟如此豁达——当然也可以说"暧昧"。

相对来说，中国人对西乡的态度，先贬后褒，从来都是立场坚定。闲来翻阅有关资料，隐隐约约感觉到，这种差异很可能正体现了中、日两国文化的不同。

戴季陶的名著《日本论》中，有一段话专论西乡隆盛，对其"人格"的历史作用推崇备至：

> 我们试把日本这几十年的历史通看起来，西乡隆盛失败了，然而他的人格，化成了日本民族最近五十年的绝对支配者。各种事业的进行，都靠着他的人格来推进。

戴乃"日本通"，此书又成于20世纪20年代，对西乡如此赞扬一点也不稀奇。其实，在晚清的维新派或革命派的诗文中，西乡早就平反；用章太炎的话来说，是条铁骨铮铮的好汉。那时的中国人，关注的是明治维新，对西南战役知之不多或根本不想知道。既然铜像已经矗立，中国人自然随着日本的舆论转向。要了解中国人对"功臣"举兵"反叛"这一事件的真实感受，必须到铜像建立前在日中国人的诗文集中寻找。

说来真是巧合，西乡举兵那一年（18//），中国派出了第一任出使日本大臣，其行程还因为战事略为耽搁。正是这位大使先生，在《使东述略》中，为我们留下了中国人对西乡反叛的最初印象：

> 寇首西乡隆盛者，萨人也，刚狠好兵。废藩时，以勤
> 王功擢陆军大将。台番之役，西乡实主其谋。役罢，议攻高
> 丽，执政抑之。去官归萨，设私学，招致群不逞之徒。今春，
> 以减赋锄奸为名，倡乱鹿儿岛，九州骚然。日本悉海陆军
> 赴讨，阅八月始平其难，费币至五千万。顷国主下令减租，
> 其事甚美。

这段话很符合何如璋这位翰林公兼钦差大臣的身份及其知识背景。骂"寇首"，斥"好兵"，赞"减租"，句句都是深明大义的儒生该说且能说的话。至于事件的叙述，大致不差，资料来源很可能是当地的华侨。其时何氏尚在长崎，未与当地官府接触，理由是"使者入境，未递国书，不便私见"。我对平乱"费币至五千万"一句尤感兴趣，想来叙述者和听讲者都对这条显然是官方公布的消息颇觉新奇。

笔者也有这种经验。第一次见到接待某国总统共花去多少日元的报道，是在东京开往京都的新干线上，记得那一瞬间我的惊愕。中国人更习惯于算无法用数目字表达的"政治账"，而不屑于如此"斤斤计较"。比如，不管是清代的邸报，还是今天的《人民日报》，都没有告诉纳税人政府首脑外事活动的费用，也没有公布过甲午海战或者抗美援朝共花了多少钱。

不知是那时的大使文化修养高呢，还是公务不太繁忙。《使

东述略》外，何如璋还撰有《使东杂咏》。其中咏及西乡，仍是义正词严：

> 征韩拂议逆心生，隅负真同蜗角争。
> 壮士三千轻一死，鹿儿岛漫比田横。

唯一让诗人感觉困惑的是，何以此等"贼人"，也讲"忠义"，居然"败时，其党人千人死焉"。

何大使上任两年后，大名士王韬游东京。主人出示鹿儿岛战图，观西乡排阵结垒之法，王氏则大讲"顺逆之势殊"，故贼军不敌王师："呜呼！天下之枭雄渠帅，昧于大义，躬为叛逆，安有不底于亡哉！"幸亏那时的日本人不大晓得王韬君曾上书太平天国，否则怎么向人家解释，为何从"逆子"转为"顺民"？或许上书时太平天国已成气候，大有新桃换旧符之势，故不算"叛逆"。若如是，则只有成败，而无所谓顺逆；西乡的过失，只在于打了败仗。

那时的东京，"西乡"是个热门话题。不断有人出示有关西乡的文物，王韬也就不断发表严正而迂阔的评论。翻阅《扶桑游记》中此类不着边际的"高论"，你会觉得中国的读书人除了"深明大义"，没什么别的见识。后人单读王韬的游记，也能感觉到其时的日本人对西乡的态度相当复杂；而王氏不屑于去理解其中奥秘，只顾顺着原来的思路作长歌：

> 功高赏薄寻常耳，何不角巾归闾里？
> 坐令一死鸿毛轻，昭代宏勋等流水。
> ……

直到有一天应谷干城中将之招，读其诗，听其言，王韬才略有所思。谷干城乃当年决战时官军的主将，重修的熊本城里建有其塑像。按中国人的思路，敌对双方应是不共戴天，没想到谷君言谈之间，对西乡不但没有辱骂，反而颇多敬畏：

> 中将曾有诗咏西乡云："枉抗王师不顾身，多年功绩委风尘。怜君末路违初志，春雨春风恨更新。"此吊西乡之功而叹其不终，二十八字中，有无限感慨。闻之日人，西乡亦足为近代枭雄，维新之建，多资指臂；其晚节末路，倒行逆施，盖有其不得已者。故论者略其迹而原其心，朝廷亦追念前功，不加深究。

这段话非常重要，起码让我们知道，战事刚刚结束，京城中已有不少为西乡开脱的言论。就连现任军事首领，对叛军头目也颇多同情。也许正是这种"民心"，使得政府必须用某种办法为西乡平

西乡隆盛铜像

反——建铜像而不谈论西南战役，应该说是一着高招。可惜王韬从谷干城诗中，只读出政府的宽宏大量，因而其和诗仍是"忠臣贼子"黑白分明。

随何如璋出使日本并在东京与王韬结为莫逆的黄遵宪，其《人境庐诗草》中也多处提及西乡隆盛。最引人注目的当属《西乡星歌》，一改何、王讨逆之高调，将西乡作为生不逢时的大英雄来歌咏。此长歌开篇奇崛，顿生满纸风云之气：

人不能容此嵚崎磊落之身，天尚与之发扬蹈厉之精神。

除旧布新识君意，烂烂一星光照人。

诗前有小引，说明呼彗星为西乡星，乃日人传说；可据《左传》"彗所以除旧布新也"来"识君意"，明显有为日后西乡的举兵反叛开脱之意，与王韬所复述的"略其迹而原其心"之说相通。长歌的最后四句，更是直接为西乡这位失败的大英雄招魂：

英雄万事期一快，不复区区计成败。
长星劝汝酒一杯，一世之雄旷世才。

这么说来，国人也有不囿于"忠臣逆子"之成说者。但先别高兴，现在通行的《人境庐诗草》中，此歌虽与其他在日所吟诗编在一处，却系晚年归乡后补作。

黄君虽好学深思，初渡扶桑，其实也不理解日本人对待"叛军首领"西乡隆盛的态度为何如此"暧昧"。明治十五年（1882），宫岛诚一郎刊行有何如璋、黄遵宪等作序的《养浩堂诗集》。出于对黄氏的尊敬，诗集中附有其零星评语，其中涉及西乡一则耐人寻味。宫岛在西乡举兵前曾和其诗，称颂其"高尚之志"，末语为："若使此心长爱国，江湖何与庙堂殊？"西乡兵败自杀，宫岛刊行集子时居然不删不改；倒是黄遵宪看不过去，出来"主持正义"：

　　西乡此种人，岂能老田间者。其叛也，愤爵不平，英
　雄技痒耳。其人但欲取快一己，无所谓爱国。

从王韬的"功高赏薄"，到黄遵宪的"愤爵不平"，都是将西乡举
兵归结于个人恩怨。凭我阅读《西乡南洲遗训》及其诗集的经验，
这种说法似乎很难成立。引两首西乡所吟汉诗，以见其志向之高
大。两首都是《失题》，前者见其王学根基，后者则是生平自述：

　　　学文无主等痴人，认得天心志气振。
　　　百派纷纭乱如线，千秋不动一声仁。

　　　几历辛酸志始坚，丈夫玉碎愧砖全。
　　　一家遗事人知否，不为儿孙买美田。

这种理想型的政治家，自然也可能有许多毛病，但所争不会只是
"爵位"。时人之所以"略其迹而原其心"，大概也正是基于这种
想法，不愿意相信西乡会为了个人功名而不惜生灵涂炭。

　　但是，不管敬惜西乡的人如何借"原其心"为其辩解，西南
战役事实上不能不使得"生灵涂炭"。面对这种残酷的现实，当
年日本第一流的知识者是如何思考的？这种思考又如何影响大众
对西乡的评价？这都是很有趣的问题，可惜我没有能力解答；只

能在非常有限的阅读范围内，挑选几条史料作为思考的线索。

东京人对西乡隆盛多有好感，很可能是念及其对"江户无血开城"的贡献。今日东京有不少名胜，专门纪念东征军参谋西乡隆盛与幕府陆军总裁胜海舟的这一历史性会见。胜氏也因此成为西乡的莫逆之交，并在其战死两年后，为其立诗碑于净光寺。此诗碑据说至今仍在，可惜我没能访到。倒是在《西乡南洲遗训》的附录里，读到一首胜海舟咏西乡的五古，后半截可作为前引"略其迹而原其心"一说的最佳注脚：

> 只道自居正，岂意紊国纪？
>
> 不图遭世变，甘受贼名訾。
>
> 笑掷此残骸，以付数弟子。
>
> 毁誉皆皮相，谁能察微旨？
>
> 唯有精灵在，千载存知己。

先以"岂意"开脱，后有"微旨"垫底，即便"紊国纪"也都情有可原。不只是西乡不以世人之"毁誉"为意，诗人似乎也更看重此"千载存知己"。与中国人讲政治立场，动不动"大义灭亲"不同，胜海舟以及上述的谷干城、宫岛诚一郎都不避嫌疑，甚至有意渲染其与"叛军首领"西乡的友情。将"政见"与"友情"分开，更注重"心情的纯粹性"，而不是政治舞台上的"姿态"，这种价值观念使得西乡兵败后能够很快恢复名誉。

"甘受贼名訾"，既写西乡之独立不惧，也隐约透出诗人对世人诬之以"贼名"的不满。这倒使我想起另一位明治思想家西村茂树对"朝敌"与"贼"的区分。西村的《贼说》发表于西乡"谋反"前两年，本与此事无关；但用来说明西乡身后遭遇，似乎很合适。西村主要论述日本古来称与天子争权威或与政府为敌者为"朝敌"，后世接受中国影响，方才给政敌冠以"贼"名。在西村看来，杀人越货为民祸患者方可称为"贼"，至于"朝敌"，只是说明其站在政府的对立面，本身并不构成道德评判。若以"朝敌"为"贼"，则等于赋予政府绝对权威，拒绝任何来自民间的批评乃至挑战。很长时间内，西村的"贼说"没有能够成为大多数日本人的常识；但知识分子开始考虑朝野间道德资源的分配，这总比只是抱怨"胜者为王，败者为寇"好些——后者实际上是对"权力"独占"价值"的默认。

没有材料说明胜海舟等人是否接受了西村的"贼说"，不过不把与政府为敌的西乡视为"贼"，却是确凿无疑的。或许更能说明明治时代知识者思考深度的，是福泽谕吉对大义名分论的批判。西南战役硝烟未散，福泽撰写《丁丑公论》，直接针对的正是时人之以"国贼"骂西乡。福泽强调，"忠诚"与"叛逆"并不具有先天的绝对价值，若以政府权威不可侵犯为第一准则，则明治维新建立起来的新政权也属非法。应以是否"推进人民之幸福"为标准，衡量西乡之举兵，而不能只是斥责其反叛政府。福泽断定今日之大骂"逆贼"者，假如西乡成功，必定反过来为其高唱赞歌。说到底，"今日的所谓大义名分，无非只是默然顺从政府而已"（参阅丸山真男《忠诚与叛逆》一文）。

福泽一生在野，着力于国民教育以及思想文化建设，政治上既非"政府派"，也非"反政府"，更不是左右逢源的"骑墙"。明治初年，日本举国上下奋发图强，舆论界一片叫好声。福泽则对引进西洋文明、发展市场经济过程中"廉耻节义"之丧失、"抵抗精神"之日渐衰颓，以及"人民独立风气"之未能养成深为忧虑。反过来，像西乡那样具有独立精神且坚韧不拔的理想主义者，确实值得钦佩。从发扬"民气"、拯救"士魂"角度，福泽甚至希望"出现第二个西乡"。

将"民气"与"士魂"的养成，置于一时一地政治决策之上，这才能理解日本人为何对西乡要"略其迹而原其心"。政治上之是非得失固然重要，但更重要的是"民族魂"的建设与守护。就在上野公园西乡铜像的旁边，还有一座香火很盛的彰义队墓所，那是为纪念1868年上野战争中抵抗官军而死的彰义队勇士所建。在东京访古，经常见到江户"无血开城"的纪念物，可也有不少血战东征军的彰义队墓所。在日本人看来，两种截然不同的选择都有其合理性。末代将军德川庆喜的隐退，以及为避免生灵涂炭而下令放弃抵抗，乃是顺应历史潮流；而武士们不听约束，在大势已去的状态下"以卵击石",为注定灭亡的幕府奉献其最后的忠诚，乃是坚守三河武士精神，两者同样值得尊敬。这种思路对于擅长分"顺逆"、辨"正邪"、讲究"大义名分"、主张"路线决定一切"的中国人来说，似乎有点陌生。

1994 年 8 月 17 日于京西蔚秀园

附记：据柳田国男称，在日本，作为个人而享受祭祀，除了德高望重，还必须是悲剧性死亡。而新政权为与政敌实现某种程度的和解，有必要通过祭祀的方式，安抚失败者的亡灵——也可以从这一角度解读西乡铜像。

（初刊《读书》1994 年第 11 期）

开国纪念

　　在日本各地旅游，经常可以看见有关开国的纪念物。日本人说"开国"，并非指某一政权的建立，而是从此前的锁国状态中挣脱出来，加入国际社会。具体措施是通过与欧美各国签订条约，开港开市。德川幕府的锁国令始于1633年，主要目的是禁止基督教的传播以及由政府垄断情报和贸易。即使在锁国状态下，长崎仍对通信或通商的朝鲜、琉球、中国和荷兰开放；因此，那里遍地皆是的"西洋风景"，其实与开国关系不大。倒是神户的异人馆、名古屋的明治村、横滨的开港资料馆，以及位于伊豆半岛的豆州下田乡土资料馆，在在提醒你日本人对"开国"这一事件强烈而持久的兴趣。

　　日本人讲起开国，眉飞色舞，似乎因其明治维新的成功而忘记了当初的屈辱，甚至对佩里（M.C.Perry）率军舰来航感恩戴德；而中国人提及帝国主义入侵，则咬牙切齿，只有虎门销烟、三元里抗英，无所谓"开国纪念"。20世纪中叶，中日两国开始各自直面西方列强的挑战，其间策略有异，效果不同，一直是专家学者研究的重大课题；但一般民众心目中的开国形象，竟然如此截然相反，确实发人深思。

虽说同是内忧外患，同是被迫开港，可中日两国历史与现状其实大有差异。表面上都是闭关，日本的锁国以入国的统制为主，中国的海禁则主要是出口的统制；都有强烈的民族自尊，但近世山鹿素行、本居宣长等人提倡的日本主义，根本不能与古已有之的华夏中心意识相提并论；都面临西方列强的巨大压力，日本只是黑船的阴影，中国则是实际战争以及随之而来的割地赔款；都依靠自身的努力而没有沦为殖民地，日本因明治维新而逐渐跻身世界经济强国，中国则历经同治中兴、戊戌变法、辛亥革命等一系列政治风浪，经济发展始终不如人愿。但所有这些，都还不能解释何以两种开国观的差异竟如此之大。

异人馆与明治村都是洋化狂潮形成以后的作品，虽也精彩，但没有出乎意料的地方；我对幕末日本人如何接纳强大的西方感兴趣，因而也就对两个"门前冷落车马稀"的资料馆更有好感。

冬日的卜午，踏着积雪，和尾崎君漫步在横滨街头，指点着马车道和日本大道两旁残留的明治建筑，品味着一百多年前"文明开化"的流风余韵。横滨以开港而发展，也以开港而名扬天下。因此，游横滨不能不看开港纪念馆、开港广场和开港资料馆。其中最值得流连的还是资料馆。这幢风格典雅的灰楼，建于1931年，

横滨开港资料馆

原是英国领事馆。中庭的玉兰树，据说是江户时代的"老住户"，曾目睹1854年《日美和亲条约》的签订。此"历史见证人"的主干焚于关东大地震，现在见到的是残根长出来的新芽。

　　馆里收藏开港及横滨城市发展的资料十多万件，最吸引我的是各种有关"黑船来航"的绘卷。1853年7月8日下午5时，美国人佩里率领东印度舰队四艘涂成黑色的军舰，抵达浦贺的海面，从此揭开了日本史新的一页。我感兴趣的不是幕府或勤王志士的态度，而是被"船坚炮利"惊呆了的普通日本人，是如何表达他们的见解。绘卷里的"黑船"威风凛凛，没有丝毫丑化的嫌疑，想来画师落笔时充满兴奋与好奇。这还不算，画面上的每艘船都注明船号、长度和宽度，以及所载大炮数目。不像是出于军事目的，而是日本人普遍重实用，对奇器、奇术感兴趣，才能创作并欣赏此等"正邪不分"的画卷。据说，《望厦条约》签字后，中国代表以仁义之师不需利器为由，拒绝对方赠送的火炮模型和军事书籍；而据目睹日本开国的罗森记载，日美签约后，幕府代表愉快地接受了电话、照相机等各种"奇技淫巧"。中日两国对待形而下的器物以及异文化的不同态度，直接影响了其开国的进程。

为纪念横滨与上海结成友好城市 20 周年，资料馆里正举行"横滨与上海——两个开港城市的近代"专题展览，这正是我们此行的主要目的。展览由两国学者共同操办，其中数上海档案馆、上海历史博物馆藏品多质量高。可惜都市研究非我所长，港湾设施、贸易关税、产业展开等专业性问题，明知十分重要，也只能"外行看热闹"。还是"横滨居留地与上海租界""文化与情报""横滨与上海之风俗"等，更接近我的趣味和知识背景。

作为非专业的读者，徘徊展厅，接受的并非专家所构建的"完整的历史"，而是一堆"文明的碎片"，以及若干相当个人性的奇怪联想。比如，1899 年，也就是戊戌变法失败后的第二年，就在日本政府借修改条约而取消横滨居留地的同时，上海租界大扩张，并设置独立的行政机构。在此之前，日本政府始终没有放弃居留地的行政权，这与中国租界之形成独立王国大不一样。或许正因为日本人在居留地问题上所感受到的屈辱不太明显，事过境迁，便主要将其作为"西方文明的窗口"来看待。

自认"苦大仇深"的中国人则没有那么大度，很难忘记曾经遭受的巨大创痛。1903年《苏报》案中，章太炎因公使团拒绝将其引渡给清政府而得以从轻发落；可章氏并不领情，称此为外人争租界权力，与他的革命宗旨毫无关系。(《狱中答〈新闻报〉》)1904年梁启超撰《治外法权与国民思想能力之关系》，许租界为"新思想输入之孔道"："取数千年来思想界之束缚，以极短之日月而破坏之解放之，其食此诸地之赐者，不可谓不多也"；同时也指出，此种租借来的自由削弱了"中国志士"的意志与能力。长期以来，国人只从帝国主义强权以及中华民族的屈辱这一特定角度来解读租界，思路远比章、梁等晚清学者狭隘。近年学界开始转向，认真探讨租界在中国现代史上的复杂作用。但愿不要一转就转过了头，将其改写成今日的"经济特区"或时尚的"国际交流"。

展品中最吸引我的，一是桃花坞木刻年画《上海四马路洋场胜景图》，一是比果的讽刺画《发展之路》。前者的魅力，与其说来自中国年画特有的线条与色彩，不如说来自风俗画家对人情世态的敏感。面对四马路上拥挤的马车、人力车、自行车、双人脚踏车、独轮车，以及悠闲的行人和威风的轿子，瞬间的感觉是，此画面比史家的千言万语，更直接地使我回到那个华洋杂处、古今并列的年代。说实话，以前看不起各种各样的"胜景图"，总以为未免太俗气，远不如文人画韵味深长。在阅读日本的过程中，逐渐由"东京"进入"江户"，这期间安藤广重等人的"胜景图"起了很大的作用。此类风俗画对于文化史研究的意义，似乎目前还没有引起中国学界的充分重视。

比果是1882年来日的法国画家，其发表于1888年的《发展之路》，简直就像一则预言。画面右边是一着西装、骑自行车的日本人，自称已经不再是亚洲人了；左边瓜皮帽下露出长辫子的中国人，正悠闲地说着风凉话：看他走得那么急，准得摔跤。后来的历史证明，急于脱亚入欧的日本人果然摔了一大跤，而只会说风凉话的中国人则再也悠闲不下去。当初的讽刺本就双方互相指涉，可惜身在其中者，往往只读出对方的可笑。

如今，中日两国政治、经济状况不同，但在谋求"发展"这一点上却是一致的；换句话说，都急匆匆走在"发展之路"上。一百多年前的中国人，因对"发展"缺乏足够的热情而受到历史的惩罚；今非昔比，"发展"已经成了12亿中国人最大乃至唯一的目标。对经济增长的期待，对现代化的迷信，对所谓"东方的崛起"的21世纪的向往，使得今日中国，对"发展"带来的正面、负面的效果，普遍缺乏认真的反省，陷入一种近乎盲目的乐观。但愿，这只是杞人忧天。

1854年2月11日，黑船再度来到江户湾。3月31日日美签约，开辟下田和箱馆两港。4月15日佩里乘旗舰"波瓦坦号"来到下田，

6月签订补充条约后方才率舰队离开。至此，日本开国已成定局。

一个半世纪后，车过下田港，朋友指点着屹立海岸的佩里铜像以及上陆纪念碑。走进下田市里规模不大却很有特色的乡土资料馆，手里的门票是当年的浮世绘《黑船"波瓦坦号"下田入港图》。随同佩里第二次来航的，有一位名为罗森的中国人。其记录此行的《日本日记》，初刊于1854年的《遐迩贯珍》，十年前因收入"走向世界丛书"而广为人知。重刊本附有一罗森像，是从江户时代著名画工锹形赤子的《米利坚人应接之图》中复制的。资料馆里也陈列着一幅复制的和画罗森像，上题《罗森在下田町徘徊询问物价高低图》。画面上瓜皮帽长辫子的罗森，一手撑黑雨伞，一手持红包袱。此画没有注明绘制年代，看来并非近年补绘，可也不像当场写真。此罗森多了一把胡子，画面的色彩对比那么强烈，再加上"询问物价高低"的说法，更像是事后根据有关资料追忆而成。《日本日记》中有一段话，自述下田购物，很可能正是此画所本：

> 步至海旁，多见大鲍鱼，是下田之土产也。回于町店买物，则以漆器、瓷器为佳。所拣物品，则书名于物上，记价，然后店人送到御用所，交价于官。

罗森生平至今不详，但从日记中少记政治大事而多记土产物价，可以想象其商人身份。从外交场合的罗森走到询问物价的罗森，中间应该有学者的考证研究。正因为后者的判断更准确，非当年千方百计请求和诗题扇（一月之间应邀题扇五百余柄）的日本人所能想象，故断为"事后追忆"。

资料馆里收集、陈列六幅早期的佩里画像，还有一幅以供对照的照片，让人大开眼界。浮世绘画家根据自己的想象，来为其时"如雷贯耳"的佩里总督立像。有画成妖魔鬼怪的，有画成日本传说中的天狗的，有画成中国将军的，也有画成西乡隆盛的；但很快地，佩里的特征逐渐显示出来。可以将此作为日本人接受外来文化的"寓言"来阅读：同样需要经历一个以自己的经验（或称"期待视野"）来"误读"外来文化，并在此后的"对话"中不断自我修正的过程，日本人的长处只是在于尽量缩短这个"过程"。

熟悉赛金花故事的，肯定会对下田的阿吉大感兴趣。1856年，根据《日美和亲条约》，美国在下田的玉泉寺开设了最初的领事馆。第二年，为了使得"孤独"的哈里斯总领事能更好地工作，16岁的阿吉被迫离别恋人而走入领事馆。两年后阿吉出走，在同胞的嘲笑声中四处流浪；45岁时贫病交加沦为乞丐，48岁时投水自尽。据说在其投水处，现在立有碑记和供养菩萨，成了旅游景点。如今的阿吉，已是文学家以及平民百姓茶余酒后的绝好话题。念及此，我连前往凭吊的勇气都没有了。

资料馆里还有吉田松荫、佐久间象山、德川庆喜等的纪念文物，比起这些影响日本开国进程的伟人来，阿吉实在太渺小了。可不知为什么，走在夕阳下的下田街道，眼前晃动着一帧帧褪色的旧照片，一个哀怨沉默的少女侧影，始终叠映在照片的右上角，让我再也没有兴致观赏周围的风景。

1994 年 9 月 26 日中午于京西蔚秀园

（初刊《东方》1995 年第 5 期）

"教育第一"

晚清旅日的中国人，不管是官员还是学者，都对日本的教育赞不绝口。1902年吴汝纶在接任京师大学堂总教习之前，专程赴日考察学务；可吴氏尚未归来，《钦定学堂章程》已经颁发，而章程又明显受日本学制影响。也就是说，不待政府专门派人考察，国人对日本教育的了解已经相当充分。

其实，早在戊戌变法时，康有为便提出"远法德国，近采日本，以定学制"的教育改革思路（《请开学校折》）；梁启超拟《京师大学堂章程》时，更明言"略取日本学规，参以本国情形草定"（《戊戌政变记》）。日本教育对中国近代学制的形成起了巨大作用，这一点已属常识。问题是当时的中国人，为什么选择日本而不是英美作为学习的榜样？对此，学界有多种解释。我想，最直接的刺激还是来自甲午战败。"师夷长技以制夷"这一思路，已经从具体的船坚炮利，转为抽象的教育文化。用康有为《请开学校折》中的话来说，便是：

近世日本胜我，亦非其将相兵士能胜我也，其国遍设各学，才艺足用，实能胜我也。

康有为说这番话的时候，尚未踏出国门一步，依据的是第二手资料。五年后张謇东游，实地考察的结果，竟与康氏的意见不谋而合："教育第一，工第二，兵第三。"（《东游日记》）其时大谈教育立国者，并非教育专家，而是一般的文人学者。翻阅清末大量关于教育的论述，你能明显感觉到知识者的良知，以及救世济民的热情。

近日购得 1901 年创刊的《教育世界》数册，闲来把玩，深为编者罗振玉《教育私议》的高瞻远瞩所感动。以 20 世纪为"东西消长最大之时机"，而成败得失，"一决之于教育"。如此大胆立论，想来今人也未能出其右。可诚如罗氏所言，以教育立国，"知之匪艰，行之维艰"矣。设想"教育果兴，三十年间必为大东强国"，依据的是"日本变法三十年而强"的经验；这比当初康有为"三年而立"的预言保守多了（《请饬各省改书院淫祠为学堂折》），可惜仍嫌过于乐观。去年访日，曾应《文》杂志之邀讨论中国的教育现状，实在无法解释清楚何以中国至今仍有近两亿文盲（此文写于 1993 年。1990 年人口普查文盲数为 18156 万，2010 年第 6 次人口普查时文盲数为 5438 万——编者注）。对于一个文盲比例高达六分之一的国度，如何称雄于 21 世纪，我不能不有所疑虑。

《教育世界》以大量译介日本教育法规及教科书而闻名，第一册《序例》后附有十一种"已译成之书名"。其中的《日本文部省沿革略》，大概就是我去年年初在海淀旧书店觅得的《日本文部省沿革及官制》。此书原著者为日本文部省，译者为"出洋学生编辑所"，上海商务印书馆1902年代印。书仅双面50页，记录明治元年至三十二年日本教育大事，述及"王政维新之初，固首在兴教育"的决策，以及政府的各项具体措施，肯定让那个时代的中国读书人感慨不已。

明治时代的大教育家福泽谕吉有些想法很有趣，比如在谈到日本"文明开化"之所以能够迅速展开时，将其归因于多数士人之"无知"："日本士人的头脑有如白纸，一听说是国家的利益，立即印在心底，果断实行，毫不犹豫。"而深受儒教熏陶的中国士大夫，则各有各骄矜的看法，没那么容易被教诲（《福泽谕吉全集·绪言》）。以启蒙的声音过于嘈杂，或听众的立场过于坚定，似乎不足以说明何以在中国，"教育第一"始终只是一句口号。晚清以来，没有人公开否认教育的重要性。只是"百年树人"，对于习惯风云变幻的政治家来说，远不及"谁的国家""哪来的利益"更有切肤之感。不说特定年代对"教育救国论"的批判，就连知识者自身，也大都以只讲教育不问政治为可耻。

或许因为父母都是教师的缘故，总无法破除对教育的"迷信"。从下乡当"孩子王"那天起，就命里注定只能在校园里徘徊。访学日本，自然以大学校园为主要活动场所。东京大学一地金黄的银杏、庆应义塾大学已经安静了一个世纪的三田讲堂、早稻田大学优雅的演剧博物馆，都让我流连忘返。可说实话，这些大学的辉煌历史，早就目睹耳闻，亲临其境时并无多大的文化震撼。倒是在各地旅游，猛然间与有关教育的遗迹相遇，惊喜之余，会有一丝难言的隐痛。

读过《福泽谕吉自传》，最喜欢"绪方学塾的学风"一章，尤其不能忘怀的是那部轮流观看的《日荷辞典》手抄本。去年10月，到大阪参加中国学年会，第一件事便是拜访当年福泽就读的适塾。

适塾为幕末著名兰学家、医学家和教育家绪方洪庵（1810—1863）于天保九年（1838）所开办，关闭于明治初年。据现存《姓名录》，先后入门者达千人之众。明治时代的风云人物，多有出自适塾者，除福泽外，军界有大村益次郎，外交界有大鸟圭介，最为本色当行的医疗卫生界（包括红十字会）则有长与专斋、高村凌云和佐野常民等。适塾之名扬天下，除了办学者洪庵的学识过人外，更与日后学生的大有作为密不可分。当初是生以师贵，后来则是师以生尊——对于办教育者，最大的乐趣莫过于出人才。只是何者为"人才"，可能见仁见智。在日本，参观过许多校史纪念馆，夸耀的都是思想家、文学家、科学家等，未见以出总理、出部长为荣的。想来并非鄙薄官府，而是认定政学分途，政治家的成长主要不是得益于大学教育，大学也没有必要办成某一党派的根据地。

作为国史迹兼重要文化财的"适塾",乃 1845 年由绪方购得,20 世纪 70 年代照原样拆散重修。如今,花 200 日元便可"登堂入室"。真佩服日本人对空间的利用,这座在日本开国史上占有一席地位的学校,实际占地面积不到 500 平方米。一楼除了教室、书斋、接待间、贮藏室和洪庵一家的住处,还有两个小庭园和一口水井。二楼的学生宿舍里,黝黑的木柱略显残缺,榻榻米上汗迹未消,油灯下那部珍贵的手抄本《日荷辞典》翻开着,只缺围坐在四周的福泽们。似乎怕惊扰尚在念书的古人,平日喜欢啧啧称奇的日本游客,到了此地也都一脸严肃;女孩子则捂着嘴巴,强咽下那声必不可少的"哇"。旁边的小屋挂着许多照片和画像,那便是适塾引以为傲的历届"名学生"。

北海道大学的前身札幌农学校也有自己的"名学生",那便是财政学家新渡户稻三、宗教家内村鉴三、植物学家宫部金吾、文学家有岛武郎。不过,农学校的首任校长克拉克博士(W.C.Clark)似乎更广为人知。一百多年后的今天,克拉克的临别赠言"年轻人,要有雄心壮志"(Boys, be ambitious!),仍回荡在北海道乃至整个日本上空。克拉克在日时间不到一年(1876 年 7 月 31 日到任,1877 年 4 月 16 日归国),影响竟如此深远,颇有点韩愈潮州行的味道。札幌农学校乃日本最早的高等农业教育机构,聘请的初任校长又是原美国马萨诸塞州立农业大学校长,随着农学校的学生在北海道开拓中发挥越来越大的作用,克拉克自然而然也就成了日本人心目中的英雄。

开拓北海道，大概是明治维新最少争议的一大功绩。在设置开拓使（1869）的第三年建开拓使学校于东京，第六年移至札幌并定为农学校，这些举措可作为日本教育立国的象征——须知那时整个北海道的人口仅有 10 万。百业待兴，首先想到的是花大价钱请外国教头，此事足见主事者的眼光：教育先行，人才第一。如今，占全国面积 1/6 的北海道，已经成为日本经济最有活力的地区之一。作为局外人，抚今思昔，也都感慨良多。

今年的暮春时节，依旧是落英缤纷。有幸来到日本的"北大"讲学，而且就住在学校里的克拉克会馆，每天面对着克拉克铜像，不禁神往于那个开基立业、生机勃勃的年代。只是今天绿草如茵的北海道大学校园，是明治三十九年（1906）迁建的。当初农学校举行毕业典礼的演武场遗址，只留下一座被定为重要文化财的时钟台。那机械传动的大时钟还在运转，还在报时，还在提醒人们记住那个遥远的过去。我访钟台那天，春雨潇潇，绿荫中白墙红瓦，再蒙上一层水汽，更显得温润可爱。雨天游博物馆，最大的遗憾是地上的污水迹。没想到介绍农学校和时钟台历史的展厅一尘不染，就连入门处也干干爽爽。看着雨中忙忙碌碌抹地板擦栏杆的妇人们，我有点怨恨起日本人的"洁癖"来。事后方才得知，这些志愿者希望用这种方式来守护钟声并触摸历史。若如是，还真令人感动。

　　从暮春到初夏，我和妻子在日本各地旅游，居然接连见到好几处作为文物的明治学校遗址。熊本的洋学校建于明治四年（1872），资历比札幌农学校还老，可惜只办了六年。不过，洋学校的学生德富苏峰后来接办大江义塾，门下又出了支持孙中山闹革命的宫崎滔天。我对九州的历史文化知之甚少，参观这两处遗址纯属偶然。住在水前寺公园附近，又只有半天空闲，最合适的去处莫过于公园及旁边的洋学校教师馆。至于访大江义塾迹，则是因读洋学校的校史引起的兴致。

　　游览心切，赶到洋学校教师馆时，尚未开馆。大概难得见到如此虔诚的游客，正在打扫卫生的管理员决定提前开馆，并热心介绍。这下子可麻烦了，馆里始终只有我们两个参观者，不好意思匆匆走过场，于是足足在这幢两层的洋式木楼滞留了一个多小时。日本的纪念馆大都布置得很认真，细看当然有好处；只是对于非专业的游客来说，一个多小时未免太奢侈了。

　　同样是没赶上开馆时间，长野的那一次可就没这么幸运了。从筑摩山地的度假村开车回东京，路经中入市，见到"国史迹旧中入学校"标志，自是希望"顺手牵羊"。可惜时近黄昏，纪念馆已经空无一人。日本人大多守规则，因此只在入口处横一道矮矮的铁链。实在舍不得这个机会，假装不懂规矩，跨过去尽情游览。拜会了樱花和枯藤，也见识了洋楼和大铁门，可就是没记住学校到底建于何时、有何功绩。本以为既是国史迹，必然大名鼎鼎，回家查一下词典就行了；没想到翻遍各种有关教育的辞书，就是找不到此君。

　　真不知道日本人为其立国之本的教育事业，修了多少纪念馆，建了多少纪念碑。

1994 年 10 月 2 日草毕于京西蔚秀园

（初刊《东方》1995 年第 3 期）

"厕所文化"

　　写下题目，自觉有点滑稽。年来"文化"成灾，无物不以之为名，且大有化腐朽为神奇的魔力。如今轮到我来凑热闹，竟然将其与人所不齿的"厕所"连在一起，实在不雅。可我并无调侃的意思，真的以为"厕所"里有"文化"在——准确地说，一个社会的文明程度（包括公德心、科技水平、生活习俗、审美趣味等），在厕所里暴露无遗。

　　刺激我对这个问题的思考的，是一次偶然的对话。说起每个城市都有一种特殊的味道，当地人不觉，有经验的游客则一下飞机就能闻到。日本朋友说北京首都机场的味道是"大蒜"，并问我对东京成田机场的感觉，我答以"厕所"。说者无心，听者有意，对方颇为不悦。后来我才知道，幕末来日的西方人，正是以此攻击日本人的"不文明"。一百多年的励精图治，日本已经成为世界经济强国，正热衷于推销其文化，没想到被我揭了"伤疤"。

其实，我没有那么刻薄，说"厕所"指的不是臭味，而是香味。在日本，不管是机场、剧院，还是旅馆、酒吧，厕所都非常洁净，而且洋溢着一种浓郁的香味。这种香味很容易分辨，以至我不用看标志也能找到厕所。主人一听解释，忙说"过奖过奖"；其实我的话里褒中有贬。以我迂腐的见解，过犹不及，厕所毕竟不是闺房，太香了让人感觉不自然。

东京的雅叙园是专门举行婚礼的大饭店，装饰很华丽，最让我惊叹的是其厕所。除了必不可少的香味外，更因其小桥流水、修竹扶疏。关键时节，眼前掠过一倩影，不免胆战心惊。据说，借"扶疏"的修竹作屏障，此创意得之于江户时代的便所；不过既已置身于现代化大饭店，自是不能不着力"雅化"。此厕所大受赞扬，我却甚不以为然，以为其俗在骨。我喜欢虽也修饰但不大夸张者，比如京都的"天喜"：顾客酒足饭饱，穿上木屐，在因灯光昏暗而显得有点幽深的小石板路上走十几步，来到干净得不必要使用香料的便所，那里甚至可以看得见星星，听得见虫鸣。

倘若不是像我这样吹毛求疵，日本的厕所其实值得称赞。受那场争论的启发，旅行时颇为注意各地的厕所，除了东京高尾山上寺庙外的一处，居然未见特别污秽者。听说北海道还有专门评点本地各处厕所的书籍，可惜我没见到。不过，确实发现好多公共厕所的建筑风格很特别，看得出设计者挺用心。家用厕所里层出不穷的各种小玩意，更是提醒你日本人在此"无关大局"的小

《阴翳礼赞》

事上所花的工夫。

　　记得夏目漱石曾将每日如厕作为人生一大乐趣，谷崎润一郎则称日式厕所为日本所有建筑中最有情趣者，其《阴翳礼赞》中有这么一段充满诗意的描述：

　　　　虽然日本式的茶室也很不错，但日本式的厕所更是修建得使人在精神上能够安宁休息。它必定离开母屋，设在浓树绿荫和苔色青青的隐蔽地方，有走廊相通。人们蹲在昏暗之中，在拉窗的微弱亮光映照下，沉醉在无边的冥想，或者欣赏窗外庭院的景致，此情此景，妙不可言。

谷崎君反对西洋厕所的铺瓷砖、安抽水马桶和净化设备，以为在那样通明透亮的地方脱裤子，实在丑陋不堪；因而反过来故意渲染日式厕所的风雅与清幽。但谷崎君只说了厕所"雅"的一面，而不涉及其"俗"的一面，比如说如何处理雅人留下的不雅的排泄物，以及其先天具有的臭味。还有，对于没有自家"庭院"和"绿树浓荫"的平民百姓来说，谷崎君的设计未免过于奢侈。东京的"深川江户资料馆"里，有一座复原的江户末期庶民的公共厕所，附在木造的母屋边上，有顶盖故能避风雨，有灯笼故不怕黑夜。虽说够不上谷崎君的标准，但非常实用。对于拥有百万人口的江户城来说，处理年300万石的排泄物，不是一件容易的事，实在风雅不起来——达官贵人则又当别论。

对比同时代北京的厕所，不难说明此等俗事之不易解决。孙殿起辑《北京风俗杂咏》中录有褚维垲的《燕京杂咏》，其中一首云："汾浍曾无恶可流，粪除尘秽满街头。年年二月春风路，人逐鲍鱼过臭沟。"下有附注曰："都城沟道不通，二三月间满城开沟，将积年污秽厗街左，触鼻欲呕，几不能出行一步。"阙名的《燕京杂记》说得更可怕：

京城二月淘沟，道路不通车马，臭气四达，人多佩大黄、

> 苍术以避之。正阳门外鲜鱼口，其臭尤不可向迩，触之至有
> 病亡者。此处为屠宰市，经年积秽，郁深沟中，一朝泄发，
> 故不可当也。

屠宰市的积秽尚情有可原，都城之所以沟道不通，主要在于平日里一般居民付不起掏粪钱，"故当道中人率便溺，妇女辈复倾溺器于当衢"。居于荒山野岭或者深宅大院，如厕当不成问题。可对于庶民来说，解决"臭气四达"，比强求"风雅"重要得多。

遗憾的是，此事大不雅，历代文人避之唯恐不及，以致难得详细的记载。读书人很容易想到钱惟演的"坐则读经史，卧则读小说，上厕则阅小辞"；也不难记得欧阳修的"平生所作文章多在三上，乃马上、枕上、厕上也"（《归田录》），可很少人知道宋人厕所建筑怎样、味道如何。这也难怪，此事虽十分重要，确实无法归类。"岁时风物"说不上，"礼仪职业"也无关，即便是有心人，也不知该如何记载。说起来和"衣食住行"中的"食"与"住"沾点边（如今成套的住房或营业的酒馆都必备厕所），可明人高濂的《遵生八笺》中开列温阁、松轩、茶寮、药室，就是不设厕所；至于清人袁枚的《随园食单》，更不会考虑"吃喝"以后必不可少的"拉撒"。近人李家瑞编《北平风俗类征》，好不容易收录了几则关于厕所的文字；只是无法归类，最后只能因其中一则提到雇人掏粪"必酬以一钱"，勉强将其归入"市肆"编。其实李先生心里

肯定明白，厕所并非完全服务于商业往来。

　　说来惭愧，我对于中国厕所的建筑特色，至今仍很茫然，无法与谷崎君对谈；至于对其除臭方法的最初了解，竟得之于一部大雅书。《世说新语》述石崇入厕，十余婢侍列，且"置甲煎粉、沉香汁之属"；王敦不知公主厕所漆箱里的干枣是用来塞鼻子的，竟"食遂至尽"，闹出大笑话。以干枣塞鼻，原料倒也不算太贵，就是感觉憋气。至于"甲煎粉""沉香汁"为何物，我没作考证，就怕弄明白了也买不起。不管怎么说，我们的先人肯定也很重视如厕时的舒适感，只是因此事"不雅"而很少形诸笔墨，害得后人无从模仿或改进。此乃一大憾事。

　　明治维新以前的日本厕所，是否比同时代的中国厕所优雅舒适，在没有找到确凿证据以前，不敢妄下结论。倒是16世纪来日的葡萄牙传教士路易斯·弗洛伊斯（Luis Frois, 1532—1597）所著《日欧比较文化》，让我们知道那个时候日本的"厕所文化"。既然是比较，主要着眼于差异，凡事皆两两相对，不免略有夸张；不过据日译本的注释，所记也还大致属实。略去欧洲人的习俗（读者不难反推），日本人的特点是：厕所在房前，对谁都开放；蹲着大便；有人为买粪尿付出大米和钱；把人粪投入菜园当肥料。除了公共厕所不大普遍外，后三点与中国没有任何差别。在很多偏远的地方，人粪至今仍是菜园的主要肥料。20世纪70年代初期我在粤东农村插队时，生产队经常派人上城买人尿。至于"蹲着大便",更是无伤大雅,首先想起的例证是废名《莫须有先生传》中的名言："脚踏双砖之上,悠然见南山。"

把"大俗"和"大雅"凑合到一起,废名此语略带调侃的意味。周作人在《入厕读书》中,曾抱怨北京那种"只有一个坑两垛砖头,雨淋风吹日晒全不管"的茅厕。此等去处,倘遇风雨,实在难以"悠然见南山"。个中滋味,下过乡插过队的,大致都能领略。没有屋顶的厕所,偶尔也有好处,比如"观风景"。可比起日晒雨淋的不便来,这点"风雅"我宁肯牺牲。

谷崎君大概没有真正在"粗野"的乡间生活过,才会在《关于厕所》中提出如此过于"风雅"的设想:

> 总之,厕所最好尽量接近土地,设在亲近自然的地方,例如在野草丛中,可以一面仰视青天一面排泄。类似这样粗野、原始的厕所,最叫人心情舒畅。

这样"粗野原始的厕所",我有幸光顾过,可惜心情不甚舒畅。小时候生活在大山脚下,那是一所农校的宿舍区,几十家住户,厕所则只有五六个位子,且颇为污秽。于是,每天清晨,我都跑到离宿舍区四五百米远的竹林里"方便"。竹林很大,可以不断转移,排泄物也自有野狗和屎壳郎来处理。如此"风雅"的去处,实有诸多不便。一怕风雨,二怕黑夜,三怕肚子不争气,四怕"莫道君行早"……每念及此，不敢随便附和谷崎君的大雅主张，还是老老实实当我的"俗人"好。

其实，谷崎君也只是说着好玩，并没真的希望恢复露天厕所；要不，就不该大谈京都、奈良的寺庙里那些古色古香、洁净无瑕的厕所如何可爱。据我所知，那些厕所都有挡风避雨的设施。周作人的《入厕读书》和《读戒律》，均提及印度先贤十分周密地注意于人生各方面（包括入厕的各种规定），没有故作姿态，全都入情入理。以前游寺庙时，只顾观赏佛像之庄严，从没想到注意其厕所。此次东游，在京都的东福寺，第一次看到昔日"东司"之辉煌。东司也叫东净，乃禅林东侧的厕所。东福寺的东司建于室町时代（15至16世纪前期），现为国定的重要文化财。此东司长约30米，宽约10米，其建筑风格虽不如被定为国宝的三门华丽，却也质朴中透出一种庄严。与周围的三门、大殿、禅堂相比，一点也不觉得寒碜。如果不是特别说明，游客大概很难想象，那么漂亮的建筑竟是和尚净手之处。

《水浒传》中大英雄鲁智深，委身东京大相国寺，只当了个与"管饭的饭头，管茶的茶头，管东厕的净头"并列的"管菜园的菜头"。照知客的介绍，"菜头"也罢，"净头"也罢，都是"末等职事"。"净头"职位虽低，工作却甚为重要。想象施主正在大堂虔诚礼佛，忽从附近的东司飘来阵阵不雅的味道，该是多么扫兴，说不定大笔奉纳就此落空。很想知道，古时的净头是如何"化俗为雅"，几十个位子的大厕可不是容易管理的。不知是出于保护的目的，还是没人对此感兴趣，东福寺的东司并不开放。我只好踮起脚尖，从窗户往里窥探。除了排列整齐的几十个土坑外，就是一幅解释性的绘画。画面上，如厕者之间没有屏障，感觉似乎有点不对；精通人情物理的和尚，不该让人们互相观看排泄时的丑态。

回家翻书，果然不出我所料，《摩诃僧祇律·明威仪法之一》有云："屋中应安隔，使两不相见，边安厕篦。"厕篦也叫"厕简""厕筹"，乃大便后用以拭秽之木竹小片。厕所边上插着木竹小片，这情景我还依稀记得。能用自身经历印证千年古书，真说不清应该是喜还是悲。

1994 年 8 月 23 日 18 时完稿于蔚秀园

附记：10 年前在五台山买关于佛家戒律之书籍，被拒绝；理由是此等"内部文件"，不卖给在家俗人。大约是五年前，在家乡潮州开元寺，请到唐道宣律师删定近世、高僧弘一法师手抄之《四分僧戒本》，自是大喜过望。写完小文，忽忆及此书，取出翻阅，叹服佛家之体贴人情物理。规定"不得生草上大小便涕唾""不得净水中大小便涕唾""不得立大小便"，自是体现其"勿使余人恼"之慈悲情怀；可接下来都有一句"除病，应当学"，即特殊状态下可以变通。僧人也是人，"慈悲"既及于俗人，当然也及于僧人，故不作"过甚之词"。

（初刊《十月》1995 年第 2 期）

· 辑三 ·

东京读书记

小引

以我的日语水平，东瀛读书谈何容易！暂时客居异国，不敢"束书不观"，只好以"远观"代"近看"。明知一目十行、不求甚解的"观书"不足为训，可"乱翻书"总比"不读书"或"只读中国书"好<u>些</u>。入其国，观其俗，古人早有明训。读不好日文书，起码也得有读日文书的愿望。再说"远观"也有"远观"的好处，只因无力透视其"言谈"，不免关注其言谈的"姿态"，故转而解读日本书籍出版的外在形式。据说第一眼的印象往往出奇地"深刻"，这种"深刻"大都来源于其对自身处境的思考。也就是说，相对于训练有素的专家的"客观介绍"，观光客不过是借一"他者"诉说自身的困惑和苦恼。日语欠佳而谈论日本问题，即便加倍努力，也只能是"观光客水平"。这对于我来说，大概属于"永远的遗憾"。

文库文化

　　偶然在图书馆里找到一本前年年底出版的《文库本の快乐》。20位作者各选评50册文库本，近乎"点将录"，说不上精彩；令我感兴趣的是编者文章中提到的"文库文化"这一概念。这里的"文库"乃是指"文库本"，即在日本遍地皆是的64开本小书。编者以"文库文化的贫困"作为日本文化落后的象征，近乎危言耸听。不过，即便是旅游者，大概也都会注意到车厢里随时读书的日本人，手中多持文库本。文库本的流行确实很有"日本特色"，这点大概不会有多少异议；至于见仁见智，实际上很大程度受制于评论者的"期待视野"。比如说，我对"文库本"就颇有好感，这点连日本学者也觉得奇怪。

　　说不清日本每年出版多少文库本，反正旧书店里降价出售的多为此类。手头刚好有一本文库会编辑发行的《便利的文库总目录1990》，收录其时正在销售的54家出版社的93种文库总目录，共1200页。闲来翻翻文库总目，倒也大长见识。绝大部分文库为

《文明论概略》日文

通俗小说或生活、历史读物，确实可以看完就扔；但也有几种不能等闲视之，我就曾在不止一位日本学者家中发现整架的"岩波文库"。文库本开本小，携带方便，且价格低廉，本不为收藏而设计；有幸入藏学者书斋，可见其价值被确认。当然还可能有学者本人怀旧的因素，岩波文库曾经伴随着他们成长，即使现在有了更好的本子也舍不得扔。

在日本，除了1914年昙花一现的新潮文库，就数1927年发刊的岩波文库"历史最悠久"。岩波文库创始之际，岩波茂雄在"寄语读书人"中所表达的让不朽的千古典籍从书斋和研究室走向街头的文化理想，几十年间未曾被动摇，使得该文库至今仍以学术水准最高著称。收录许多日本重要的思想著作和文学作品，并不稀奇；连《水浒传》《红楼梦》都收入（前者13册，后者12册），这可就有点出乎意料。更让我吃惊的是，像康德的《纯粹理性批判》、海德格尔的《存在与时间》这样专门的哲学著作，居然也能发行文库本。尽管我对常人在车厢里能否读好深邃的哲学著作表示怀疑，仍然钦佩岩波书店普及学术的热情。

文库本价廉，经营上必须以量取胜，这也是后来者大都走畅销书一路的原因。如今满街的文库本，入我眼的，除了岩波文库，就是中公文库和讲谈社学术文库。并非完全否认通俗小说和生活读物的存在意义，而是因为此类书籍销路一般不成问题，不若学术性的文库操作起来难度大。存了这点对出版家的敬畏之心，再加趣味所在，不免偏爱此三家。好在这三家文库都各有一本在库存书的解说目录里，取回家仔细翻阅，看中了再"按图索骥"，倒也十分方便。

中国也有此类坚持文化理想而又善于经营的出版家，最容易想起的是王云五。1929年他策划了万有文库，前后发行四千多册，据说经营状况不佳，可促成了不少小型图书馆的建立。20世纪60年代在我国台湾，他又模仿英国的人人丛书（Everyman's Library）和家庭大学丛书（Home University Library），创刊人人文库，截至1990年夏，出书逾2000种。随着国民教育水平的提高和欣赏趣味的改变，原有的文库本装帧过分简朴，可能显得有点"寒碜"；可普及知识的文化理念并未过时，尤其在中国更是如此。

不久前读杨振宁博士在香港大学的演讲稿《近代科学进入中国的回顾与前瞻》，对其预言21世纪中国将成为世界级的科技强国很感兴趣。兴奋之余又有点忧虑。此类好话听多了，可似乎都以原子弹、人造卫星、电子计算机为例证，而忽略了国民的教育文化水平。不管是自然科学还是人文社会科学，就"尖端学术"而言，中国可能并不逊色；但两亿文盲这个触目惊心的数字，无论如何不该忽略不计。正因为这一点，我对注重文化普及的"文库本"情有独钟。

偶然感叹地铁里捧着文库本而又不会搭错车的日本人，乃真正的"读书种子"。没想到被日本学者嘲笑为"一厢情愿"：你怎么知道他读的不是"黄色小说"？是呀，东京人公共场合读的书，全都用封皮包起来，确实无法判断他们念的是"哪家的经"。

（初刊 1994 年 3 月 4 日《光明日报》）

教养新书

　　去年深秋，到长野县的八千穗高原观红叶。在路边小店用餐时，抬头见横匾上书"晴耕雨读"四字，感慨了大半天。我在农村待了八年，深知古人津津乐道的"耕读"实行不易。除了温饱、体力、心境外，还必须有适合阅读的图书。"耕读"主要是一种自我陶冶，也就是《汉书·艺文志》所说的"存其大体"，"用日少而畜德多"；这显然不同于"说五字之文至于二三万言"的专家之学。据当地人说，如今教育普及，农活又大都机械化，确能做到"晴耕雨读"。只是忘了问到底所读何书。对于居住都市的今人来说，照样有个"耕且养"的问题，也照样需要适合"雨天"阅读的图书。

　　到日本以后经常逛书店，所买之书多为关于日本历史和日本文化的"新书本"。除了价格便宜外，更因其特殊的写作策略，适合于像我这样非专业的读者。忽然悟出，这大概就是日本的"雨天之书"。

　　在日本，"新书本"指区别于"单行本"的42开平装书，其主旨是追求"专门知识的通俗化",也就是"岩波新书"发刊时所标榜的"现代人的现代教养"。1938年,岩波书店受英国"鹈鹕丛书"(Pelican Books)启发,一次推出20种抵抗流俗且价格低廉的"岩波新书",一时颇受关注。此后历经磨难,战争结束时尚未刊满百种。1949年重整旗鼓,到1988年庆祝创刊50周年,已经总共刊行了1500种。现在岩波书店每月仍推出四至五种"新书",但早已不再是"独领风骚"了。

据说如今活跃在图书市场上冠以"新书"名称的丛书有三十多种,我因阅读兴趣所限,只买"岩波"和"中公"。后者取其"历史",尤其是关于江户时代的城市结构、市民生活以及文化习俗的著作;前者取其"思想文化",最得意的是买到了编号第三的津田左右吉所著《支那思想与日本》和不同装帧的丸山真男著《日本的思想》。

"新书"装帧简朴,售价低,必须大量发行才有利润。而轻松可读的东西又往往经不起时间的考验,无法长销不衰。又要可读,又求长销,这矛盾不大好协调。日本的"新书"重版率很高,好书年年印一点也不稀奇,像《日本的思想》就已经印行了57次。这与"新书"的选题虽求适时,但撰写者多为训练有素的专家有关。读者信任"专家"而且对选题有兴趣,专家理解"读者"而又能以大手笔写小文章,再加出版社推波助澜,这才可能有成功的"新书"出现。

《支那思想与日本》   《日本的思想》

　　从专家方面讲，"化雅为俗"其实并不容易。好在日本人雅俗之分不太严格，大学教授写"新书"，一点也不掉价。还有不算秘密的"秘密"："新书"发行量大，版税多，这无疑也有诱惑力。以同行为拟想读者因而尽可旁征博引的"论著"，与以一般知识界为拟想读者、必须深入浅出的"新书"，要求两种不同的写作策略。并非每个学者都能胜任两套不同的笔墨。记得几年前北京某出版社也曾有过类似的设想，可收到的稿子要不板起面孔，要不近乎"侃大山"。

　　或许更应该感谢日本的读者，是他们强烈的求知欲支撑起庞大的"新书家族"。虽说一碗面条一本"新书",实在不能再便宜的了;可首先得爱读书,要不没必要花这冤枉钱。普通日本人崇拜学问,喜欢显得"有教养"。看画展、听音乐会或参观博物馆,常能见到"不懂装懂"频频点头的日本人。开始觉得有点好笑,渐渐悟出其中的道理,反倒肃然起敬。"装教养"的前提是以不懂为耻,追求专业以外的知识,希望生活得更丰富多彩。大众之"装"什么,其实蕴含着一个社会的价值取向,或者说"指出向上一路"。与当代中国"装痞子"的时尚大相径庭,日本人之"装教养"起码使得出版业欣欣向荣。

尽管目前日本的"新书"鱼龙混杂,但标举"教养主义"的仍属主流。思想史家曾将明治文化与大正文化作对比,称前者为"修业",后者为"教养"。谈论大正时期"教养"思想的形成与发展,自是不能漏掉在东京大学讲授西洋哲学的克贝尔博士(Raphael von Kober);正是他的人格理想和生活态度熏陶了一代精英,进而影响了整个社会(参见近代日本思想史研究会著《近代日本思想史》第二卷)。紧随其后创刊的"岩波新书",正是这种"教养主义"的具体实践。"教养"一词,在当代日本使用频率仍然颇高,这也是"新书"市场尚未萎缩的征兆。

不知是读者趣味转变,还是专家水平下降,翻阅近年出版的"新书",似乎笔调越来越"软",选题越来越"俗"。由传统的人文科学扩展到社会科学和自然科学,由注重日本转为放眼世界,这两种倾向我都十分赞赏；可对追逐时尚，以致近乎报刊文章的"大趋势"，却有点不敢恭维。

（初刊 1994 年 3 月 18 日《光明日报》）

讲座学术

日本朋友赠我为"讲座"写的文章，读后大惑不解：这哪是"说话"的底本？分明是"章回小说"！不信日本听众耳朵那么尖，能听得懂如此专深的学术论文。几趟书店逛下来，终于明白，"讲座"其实不必"开口"，只是一种特殊的著述形式。20世纪30年代"岩波讲座"初创时，本就并非真正的讲稿，不过比一般的论著通俗易懂些罢了。现在冠以"讲座"名称的丛书，更不必考虑是否"可听"，尽可作系列的专题论文集编撰。

大概为了便于宣传以及销售，中日两国的出版家都对组织撰写大部头的丛书感兴趣。同样喜欢标新立异，取个动听的丛书名字，推出二三十种"系列著作"；可在具体操作上却大有差别。我指的不是"中国丛书追求一次推出，日本丛书则预约出版定期发行"等外在形式；而是"中国丛书包括若干独立完成的通论性著作，日本丛书则大都由集体编撰的专题论文集构成"这一内在思路。前者涉及两国不同的图书市场、发行渠道以及读者的消费心理，非我所能讨论；后者则从一个特定的角度，凸显了两种不同的学术风格和文化理想，值得深入反省。

日本的专题文集性质的丛书，并非都以"讲座"命名；只不过其编辑风格与创刊早、影响大的"岩波讲座"颇为接近，故统而言之。比如，我比较关心的日本近代史研究，最近出版了三种丛书：中央公论社的《日本之近世》（18卷）、东京大学出版会的《从亚洲出发思考》（七卷）和吉川弘文馆的《近代日本之轨迹》（10卷）。其中第二种并不局限于日本，而是以几个世纪亚洲的社会历史、思想文化为考察对象，重新理解和描述东方国家近代化的进程，尤其注重"地缘政治""民间社会""异文化接触""长期社会变动"等，力图超越凝固的"欧洲与亚洲""传统与现代"的思维方式，表现出较高的理论兴趣和学术水准。三种丛书当然各有其值得夸耀的"本书特色"，只是在由专题文集构成这一编辑思想上，与"岩波讲座"《日本通史》相比较，并无多少区别。

"讲座"并非岩波书店的"专利"，如现在书店仍在销售东京大学出版会的《讲座日本历史》13卷和吉川弘文馆的《讲座日本庄园史》10卷；可日本的"讲座"乃岩波书店首创，而且至今仍由其独占鳌头，却是不争的事实。以1993年为例，由岩波书店发行的人文科学方面的"讲座"计有：《宗教与科学》（全10卷，别卷二）、《近代日本与殖民地》（全八卷）、《现代中国》（全六卷，

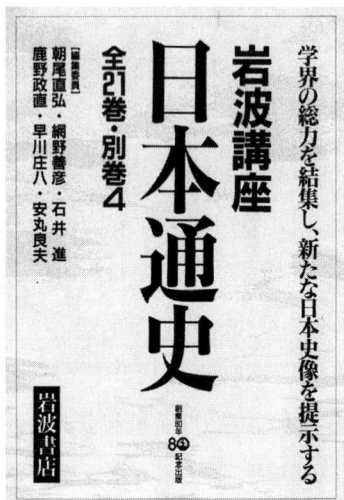

《日本通史》预约广告

别卷二)、《现代思想》(全 16 卷)、《社会科学之方法》(全 12 卷)、
《日本通史》(全 21 卷，别卷四)和《日本文学与佛教》(全 10 卷)。
"岩波讲座"大都预约出版逐月发行，故上述"讲座"前三种承接
上一年度，后四种则延至下一年度。尽管如此，同时关注若干领
域的学术进展，对一个出版社来说并非易事。

　　"讲座"不同于一般著作，其主旨在知识更新和学术普及。学
术发展到一定阶段，需要做"总结性发言"；或者新的"学术范式"
已经出现，需要让学界了解，这个时候才有必要组织某一专题的
"讲座"。几乎所有"讲座"的"编辑缘起"或"本书特色"都要强

调如何总结了 10 年乃至几十年的学术成果、体现了最近的研究动向、落实了新的理论设想。这种"广告语言"的大同小异，正体现了读者对"讲座"的特殊期待。最能说明"讲座"这一特性的，莫过于间断性地"重写历史"。同属"岩波讲座"，20 世纪 60 年代初出版的 23 卷本《日本历史》，70 年代中期被 26 卷本所替换；后者又正在被已经陆续发行的《日本通史》所取代。一二十年的间隔，正是学术界从人员构成到知识体系"更新换代"所需要的时间；借助于一个"讲座"，表明一代新人以及新的学术范式的崛起，是再合适不过的了。

这种只讲学术需求而不大考虑销售市场的"设计"，未免过于理想化；好在本文无意探讨图书出版的操作程序，着眼的主要是体现在图书出版上的文化观念。在我看来，日本的"讲座"学术，有三点值得注意。首先是更多地关注局部而不是整体。对于习惯追求"整体感"和"系统性"的中国学者来说，日本的"讲座"只是将若干相关论文编排在一起，"很不系统"。并非没有整体的构思，可日本学者不欣赏面面俱到，也没野心包揽全局；只谋求在若干有把握的点上取得突破，故舍去许多"题中应有之义"。以正在撰写的《日本通史》第 15 卷为例，通论性质的只有"19 世纪前半叶的日本"一章，其余 10 章其实是专题研究：包括"百姓与村庄的变质""地域经济圈的形成""巨大的都市江户""国家意识与天皇""文字与女性""鸦片战争""旅店""旅行的日常化""二宫尊德"等10个题目。透过11位作者的描述,你可以隐约感觉到幕末社会的整体面貌;可对于每位作者来说,他只是完成了一篇专题论文。对具体的研究者来说,在上述某一专题的论述中取得突破,相对于重写"江户时代",无疑更有把握。

无论哪家"讲座",多标榜其集中数百专家通力合作而成。在日本,专业化的思想已经根深蒂固,世人普遍不信任"全史在胸"的"通人";这才有参加撰写的专家越多,丛书的质量越高的错觉。不论是追求"窄而深"的研究,还是向往"科际整合",这两者都很难由一二"通人"独力承担。由不同学科的学者共同承担某一课题,以便克服已有学科界限造成的隔阂,此乃"讲座"的一大便利。可也正因为"便利",人们往往以为"科际整合"不难实现;像上述《日本通史》第15卷的题目,不就非特定学科所能涵盖?作为读者,确实能在同一著作中看到不同学科不同思路;但作为作者,却基本上仍固守原有的立场和眼光。将"整合"的任务巧妙地移交给"编辑委员","跨学科研究"一下子变得轻而易举。这种表面的成功,很容易模糊学术发展的方向。

描述"讲座"的第三个特征,可以套用一个时尚的术语:"众声喧哗"。不要说整套书没有"统稿"这道工序,同一卷中也可能各说各的甚至互相矛盾。与中国人合作著述时常因强求"统一"而互相迁就大不一样,日本学者似乎只对自己选择的论题负责,而不大需要考虑与左邻右舍的关系。这或许与日本人没有长期"

大一统"的包袱，相对更能理解"杂色""互相矛盾"以及"多种声音并存"的状态有关；也与其对"体系"不感兴趣，更多关注"局部"和"瞬间"有关。

（初刊 1994 年 4 月 1 日《光明日报》）

神田书肆街

三年前初游东京，也曾到神保町转悠。那时囊中羞涩，再加步履匆匆，只能走马观花。这次访学时间较长，经济上也宽裕些，不免勤逛古书店。这里的"古书店"实即旧书店，所售之书多打折扣。单门独户的古书店逛起来不过瘾，而且书价偏高。我比较喜欢东京大学附近的本乡书店街和早稻田大学附近的早稻田书店街。沿街排开二三十家古书店，专门做教授和大学生的生意，因此颇多好书。经常一转便是一个下午，不觉已是华灯初上，夹着几本自以为又好又便宜的旧书，喜滋滋地回家。

当然，跑的最多的还是神田书肆街，那里毕竟是全日本古书的集散地。拿着一张"神田古书店地图帖"，挨个访问地图上标出的130家古书店，没有两三天时间几乎走不完。好在这里离本乡不远，上东大时不妨绕点路，顺便光顾一下。刚刚把门路摸熟，便碰上第34回"古书节"。每天都去转一圈，既看书，也看买书人。

日本历史系列之《明治维新》

　　看来日本人也喜欢买便宜书，每个书店前面的特价书摊都是人头攒动。唯一不同于北京秋季书市的，是没有鼎沸的人声。大家都默默地埋头挑书，书店安静得像图书馆。没有发现奇书的惊叹，也没有错失明珠的怨艾，更没有巧遇故人的欢呼，一切都显得井井有条。如此"平淡"得近乎"无味"，反而让我怀念那有点杂乱但充满生气的北京书市。

　　"古书节"所售之书，确实比往日便宜；只可惜便宜没好货。此地书店老板精明，除非你选书眼光特殊，否则很难有大收获。明白了这一点，我专找20世纪六七十年代出版的日本画册以及各种文学全集、思想全集的散本。虽说是二三十年前的旧书，那时的印刷工艺已经不错；何况我又不是挑剔的藏书家，基本上只求实用。对于一个渴望了解日本文化的门外汉来说，这些或许已经过时的著作仍能发挥作用。当然也不忘留一只眼睛，随时准备捕获意外出现的"奇书"。

果然苍天不负有心人，"古书节"的第二天，在一家小书店的角落里，我找到了一册布面精装、欧洲风格装饰的《新论语》。这本大隈重信作序、幸田露伴和三宅雄二郎等"当代第一流的学者文豪"讲述的《新论语》，大正四年（1915）由东京东亚堂发行。对照汉语原文和日、英两种译文，再参阅日本学者文豪的讲述，了解当初他们是如何"以 20 世纪的头脑来注释《论语》"的，正如此书《绪言》所称，颇多可"玩味"之处。

逛了 20 年旧书店，自认"老马识途"；没想到识途的老马也有迷路的时候。让辜鸿铭的《春秋大义》失之交臂，直到现在都还耿耿于怀。辜君奇人著奇书，其中文著作还好搜集，英文著作则难得一见。那天初见早闻大名的《春秋大义》（*The Chinese Spirit*），眼睛不由一亮。只因尚未习惯日本的物价，折合成人民币便显得不便宜。略一犹豫，再加临时有事，匆匆走开。当时想着，在日本，不会有人像我那样喜欢一本中国人写的英文书；若想要，再来一趟就是了。夜里躺在床上，越想越后悔。第二天一早赶去，早已杳如黄鹤。在那家书店折腾了大半天，弄得老板都跑过来询问是否需要帮助。不知是嫌麻烦呢，还是真的此书已售出，老板一个劲地表示"爱莫能助"。此后几次路过这家书店，都不忘进去转转，希望能有奇迹出现，可惜奇迹至今尚未出现。

神田书肆街有几家专售中文书的书店（如内山、东方、燎原），来访的中国学者大都会去走走，但很少人愿意掏腰包，因新书的价格比国内高出十几倍。古书则可遇不可求，读过好些晚清或二三十年代文人学者写的日本访书记，不免存了点幻想。在陈列着许多线装书的山本书店转一圈，幻想马上破灭：其鉴别之精与标价之高都出乎我意料。那天翻阅从"古书节"上买来的胁村义太郎所著《东西书肆街考》，其中提到晚清时罗振玉、杨守敬在日访书，使得日本古书界充分认识了中国古籍的"价值"，也培养了他们鉴别善本的眼光。难怪轮到我逛日本的古书店，已经只能"徒有羡鱼情"了。

胁村义太郎此书分"京洛书肆街考"和"神田书肆街百年"两部分，后者尤其让我感兴趣。作者主攻经济学和经营史，记录书肆街兴衰时少感慨而多实证，注重经营者的策略以及文化理想，而不是像《琉璃厂小志》所录诗文那样多述文人游书肆的"雅趣"。

1994 年 1 月 16 日 18 时 30 分完稿。花一周时间撰此闲文，值得吗？天知道。前天夜里东京降雪，好生奇怪也。

（初刊 1994 年 3 月 11 日《光明日报》）

丸山"福泽"

　　日本人喜欢把某一学术课题的"典范"与其创立者联系在一起，于是有了竹内"鲁迅"，也有了丸山"福泽"。对于关注亚洲近代化进程的读者来说，福泽谕吉和鲁迅是两个无法绕开的话题。相对来说，竹内好先生的鲁迅研究更容易为中国学者所了解，除早有中译本问世外，更因"鲁迅研究"在中日两国同是"显学"，比较容易沟通和交流。不能说中国的日本学界不努力，从晚清的黄遵宪、梁启超、章太炎起，对福泽表示敬意和好感的思想家代不乏人，以福泽为研究题目的论文也时有发表；可福泽的思想和形象对绝大部分中国人来说，仍然十分陌生。这与近百年中国人"取道日本学习西方"的大思路有关：既然福泽只是"日本的伏尔泰"，何不直接师法"法国的伏尔泰"？

　　直到世纪末的今天，人们开始意识到思想的接受、传播与转化，其实蕴含着一个民族的选择，也蕴含着一代学人的创造性思考。面对明治维新以来日本思想家的贡献，这才逐渐引起专业以

《福泽谕吉与日本近代化》

外的中国知识者的关注。"关注"不等于"理解",阅读中译本《劝学篇》和《文明论概略》的可能不少,真感兴趣的却不多。不止是国情不同或时势变迁,更因福泽的"发言"紧贴其时代状况,抽象程度不高,很难满足正如饥似渴地追求"高深理论"的当代中国学人。

不止一位日本学者向我推荐丸山真男先生的福泽谕吉研究,说是足以纠正我辈的"偏见"。前年年底,学林出版社出版了丸山的女弟子区建英翻译的《福泽谕吉与日本近代化》,又有日本学者打长途电话通知我,说是"希望听听你的意见"。并非"冥顽不灵",

而是此书一直未能觅到。去年秋天访日，承译者赠送，这才得以认真拜读。近日听说此书仍"养在深闺人未识"，没能走出出版社的库房，大感意外。于是自告奋勇，闯入我所不大熟悉的"福泽学"。好在据说好的书评是让读者忘记书评家，直接进入书籍本身；这点我有自信。

日本学者一般比较擅长实证研究，而丸山的"福泽学"却有浓厚的思辨色彩。这与论者对"思想史研究"的特殊定位有关。丸山将思想史家与音乐演奏家相类比：演出中既反映"乐谱"也体现"演奏家"，因而是"双重创造"。思想史家的工作正好介于借古人发挥自家思想与仅仅排列历史顺序之间，既不是"思想论"，也不是"事实史"。这一思路使得其研究带有明显的"问题意识"，从20世纪40年代初读福泽大喊"痛快"，到80年代强调"超越历史地理解福泽"，都不是无关痛痒的空论。丸山学说之所以被视为战后日本社会科学的代表，拥有大量专业以外的读者，整整影响了一代人的思想风貌，与他这种学术取径大有关系。所谓"之间"的定位只是一种理想状态，研究者总是有所偏倚。颇有思想家风采的丸山先生，演奏中不免较多地体现其"主体的结构"。只不过论者与福泽的心灵契合程度高，少有借题发挥的嫌疑，故其成果虽系古典，仍未过时。

就像晚清和"五四"的思想家一样，处于社会转型期而又以天下为己任的"启蒙者"，总是需要对其所处时代的政治经济、文化教育等直接发言，很难有完整的思想体系。福泽谕吉也不例外。最负盛名的《文明论概略》，与其说是哲学著作，不如说是思想文化评论；余者可想而知。与一般研究者的就事论事不同，丸山不大分析福泽对具体时事所做的发言，而集中全力关注制约着这种发言的思维方法。在《福泽的"实学"的转回》和《福泽谕吉的哲学》两章中，丸山强调福泽"不是狭义上的哲学家"，其言论的永久魅力来源于"潜在于深层的、始终一贯的思维方法和价值意识"。其逻辑起点是"离开时代和场所不能决定价值"，其根本课题则是"通过价值的分散化来使国民精神流动化"。在他看来，"开化先生"与保守主义之争固然有意义，但更重要的是破除"凝固性思维"，这才是摆脱"惑溺"取得"独立的气象"的关键。福泽对日本的近代化进程颇多忧虑，其中一个原因是民权派在攻击政府时所流露出来的"政治万能主义"，其实正是传统的"权力偏重"的倒错表现；而对立双方价值判断上的绝对主义以及不择手段消灭"反价值"的倾向，又恰好是"人智未开社会"的象征。福泽之所以选择终身在野，兴办教育文化事业，既高扬"独立自尊"，又主张"官民调和"，并非"妥协"或"权宜之计"，而是着力于"排除政治权力对价值的独占"。通过丸山先生演奏出来的"福泽"，其"价值判断的流动性"的思维方式，在精神层面体现为"通过判断的相对化来超越自己"和"以多种逻辑为根据的宽容"；在社会层面则是承认"多种意识形态的并存"以及"价值向各社会领域分散"。

　　单从术语的使用，也能隐约感觉到丸山学说的社会科学背景。"福泽"固然是丸山演奏的重要乐章，可"丸山政治学"远比"丸山'福泽'"影响更为深远。《日本政治思想史研究》《现代政治的思想与行动》等才是丸山真正的名山事业。理解这一点，不难明白《福泽谕吉与日本近代化》中何以有那么多政治学和法学的术语及思路。在日本，所谓"思想史"几乎就是"政治思想史"，而且归属法学部；这与日本思想发展的路径有关，也与丸山作为学科开拓者的取向有关。而在中国，"思想史"基本上是"哲学思想史"，限于"精神"而很少及于"制度"，研究的大本营在文学院的哲学系。可以理解为中国哲学思想丰富，"内圣之学"发达；也可以理解为中国的思想史家缺乏社会科学的训练。比较中日两国的思想史研究，绝非我所能胜任，这里只是提醒读者注意丸山"福泽"颇具特色的学术背景。

（初刊 1994 年 3 月 25 日《光明日报》）

日本论名著

    几年前中央公论社出版过一册有趣的小书，题为《外国人所撰日本论名著》。从 19 世纪 50 年代的《日本渡海记》，到 20 世纪 80 年代的《自杀之日本史》，选择这 130 年出版的 42 部 "日本论" 略加评说，不难看出外国人心目中之 "日本" 发生了巨大变化。编者将这一变化分为三个阶段：开国之初对谜一样的神秘国土之好奇；日俄战争后对崛起的亚洲强国的关注；六七十年代日本经济高速增长再度吸引了世界的视线。与这一认识过程相一致，早期的 "日本论" 多为游记、日记和诗文，后期的 "日本论" 则以学术专著为主。中国人的 "日本论名著" 被定位在前两个时期：第一阶段有黄遵宪的《日本杂事诗》；第二阶段则是戴季陶的《日本论》和周作人的《日本管窥》。也就是说，在编者看来，战后中国人在日本学方面成绩不大。这个话题非我所能发挥，不过书中介绍的唐纳德·基恩（Donald Keene）所著《日本人之西洋发现》、厄尔·迈纳（Earl Miner）所著《英美文学中的日本传统》、罗兰·巴特（Roland Barthes）所著《象征的帝国》，以及已有中译本的鲁思·本尼迪克特（Ruth Benedict）之《菊与剑》和埃德温·赖肖尔（Edwin O. Reischauer）之《日本人》，确实都是不可多得的名著。

被列为第二阶段的名著的，有两种恰好是周作人评述过的，不妨略为提及。一是大名鼎鼎的"爱日本者"小泉八云（原名Lafcadio Hearn），一是葡萄牙人莫赖斯（W. de Moraes），后者其时已有《日本的精神》和《德岛的盆踊》译成日文。周作人的批评表面客气，实际上相当严厉：

> 小泉八云的文章与思想还有他的美，摩拉蔼思的我更觉得别无特色，或者一半因为译文的无味的缘故亦未可知。他们都不免从异域趣味出发，其次是浓厚的宗教情绪，这自然不会是希伯来正宗的了。他们要来了解东洋思想，往往戴上了泛神的眼镜，或又固执地抓住了轮回观，凭空看出许多幻影来。（《日本管窥之三》）

照周作人的想法，中日两国文化本处同一系统，了解起来自然容易得多。而在我看来，中国人之"日本论名著"的好处，正在于"少隔阂"。

编者在后记中综述百余年日本学成绩，中国方面只提及戴季陶。大概因为黄、周二位所撰乃诗文，找不出一两个中心论点，实在不好评说。周作人甚至没有单行本的"日本论"，收入木山英雄先生编译的《谈日本文化》中的也只是系列散文。可这并不妨碍周氏著述的价值。周作人不大涉及日本的历史和制度，津津乐道的多为"日本的人情美"。其实，不从"知识"而从"心情"角度来把握黄、周二君之"日本论"，方能见出其真正的长处。《日本杂事诗》末首有注，可见黄氏精神：

> 日本与我仅隔衣带水，彼述我事，积屋充栋；而我所记载彼，第以供一噱，余甚惜之。今从大使后，择其大要，草《日本志》成四十卷；复举杂事，以国势、天文、地理、政治、文学、风俗、服饰、技艺、物产为次，衍为小注，弗之以诗。余虽不文，然考于书，徵于士大夫，误则又改，故非向壁揣摩之谭也。

周作人也屡屡提醒国人，日本文化有其不同于中国与西洋的特色，切莫因其"善于模仿"而卑视之，研究日本文化乃今日中国之亟务。与康有为、梁启超、谭嗣同等取法明治维新的思路不同，黄、周不大谈论日本人之"忠君"或"尚武"，而是欣赏其"风俗"与"心情"，这一点殊为难得。相对于同时代西方的"爱日本者"，黄、周二位能在中日关系颇不寻常的特殊环境下，平心体味日本文化的好处，而且不太"冷漠"也不太"热心"，其实很不容易。

恕我孤陋寡闻，戴季陶的《日本论》是到了日本以后才拜读的。由于意识形态方面的关系，国民党理论家戴季陶的著作在大陆备受冷落，以致像《日本论》这样的好书都很少有人提及。此书 1928 年由上海民智书局出版，至今已有六种不同的日译本问世。据胡汉民在《序》中介绍，戴君撰此书历经十几载，由演讲而评论，由评论而专著，从立意到修辞都有很大变动。作者自述其写作宗旨是兼及历史与现状，沟通哲学、文学、宗教、政治与风俗，关键在"用我的思考评判的能力"使得国人了解日本。不同于黄、周之"随感"，《日本论》更像一部体系严密的专著，其中尤以政治分析见长。谈论日本的风俗习惯、文学艺术，戴不如黄与周；可戴有个好处，抓住"武士"与"町人"这双重性格的混合来剖析现代日本，很有洞察力。

戴季陶认为，日本的封建制度，一方面养成食禄报恩、重然诺轻生死的"武士道"，一方面养成狡猾势利、轻信义重金钱的"町人根性"。明治维新后政府标榜殖产兴业，"武士"与"町人"相结合，于是出现如下局面：

> 现代日本的上流阶级、中流阶级的气质，完全是在"町人根性"的骨子外面，穿了一件"武士道"的外套。

这一现实感很强的断语,不幸而为后来的历史所证实。《外国人所撰日本论名著》评论戴君此书,也深以这段话为真知灼见。

承伊藤虎丸先生告知,对日本知识分子有较大影响的现代中国文人,除了鲁迅,还有陶晶孙。后者20世纪50年代用日文写作的文化评论,结集为《给日本的遗书》。陶君对日本文化爱之极深,批得也极痛,大有益于时人的反省。此书不知为何不入编者眼,未能成为"日本论名著"。

(初刊1994年12月24日《文汇读书周报》)

东洋学系谱

中国人说"东洋",指的是日本;日本人说"东洋",却主要指中国,起码20世纪初是如此。翻阅江上波夫编的《东洋学系谱》(大修馆书店,1992),最感兴趣的,一是"东洋学"概念,二是"系谱"的建立。

谈论"东洋学",自是不能不提"东洋史"的创设者那珂通世。正如书中所述,"东洋史"的提倡,乃明治时代急剧上升的民族意识的反映。相对于此前被奉为圭臬的西洋文化,强调东洋文化的独立性,在这一时代思潮的感召下,那珂氏提倡将史学分为本邦史、东洋史和西洋史三部分。其所撰《支那通史》,师承福泽谕吉的文明史观,被罗振玉评为"简而赅,质而雅"的历史教科书。再加上此书本就以汉文写成,在晚清自然大受欢迎、广泛传播。这种模仿欧美教科书而撰的章节体史书,当年风行一时;只有章太炎指责其"无关闳旨",不足以言著述,唯一可取的是其"文明史"思路(《章太炎来简》)。

《东洋学系谱》

太炎先生学问渊博，可门户之见甚深，尤其讨厌甲骨学；见罗振玉与日本汉学家"商度古文"且互相推崇，愤而作《与罗振玉书》，将其时大名鼎鼎的林泰辅、服部宇之吉、白鸟库吉等统统嘲笑一通。半个多世纪后重新审视，这三位被章氏断为"特贾贩写官之流"的学者，其实都对日本"东洋学"的崛起做出了巨大贡献，因而无一例外地被编织进此"系谱"。

收入"系谱"的24位学者中，最为中国读书人所了解的，大概当属铃木大拙和青木正儿。前者与胡适争论禅学，本只有少数学者关注；十几年前，其《禅与生活》《禅与日本文化》等译成中文，促成了中国"禅学热"的兴起，对20世纪80年代中国文化的走向影响深远。后者虽比前者年轻十多岁，可论及在中国的影响，却是"捷足先登"，其《支那近世戏曲史》《支那文学概说》《中国思想文学思想》《支那文艺思潮论》等，单是30年代便有七种中译本问世。其中第一种乃青木氏的成名作，撰述时曾请教王国维，并有意承继王氏的《宋元戏曲史》。

青木就读京都帝国大学时师事狩野直喜和铃木虎雄，也与内藤湖南有交往。这三位同被编织进此"系谱"的"东洋学"大家，恰好都是王国维寓居京都时的学友。这期间中日两国学者切磋学问、诗文酬酢，颇多感人的故事。当年读《王国维全集·书信》，对一件小事感兴趣：1918年，内藤湖南曾设想延聘早已归国的王氏赴京大任教，王国维因考虑到当局"未必能通过"而婉辞。这两位大学者的政治态度和学术思路其实大有差异，但难得的是能互相欣赏。据说二人书信往还甚多，不知对双方的治学究竟有多大影响。此次东游，很想鼓动或协助收藏这批珍贵书信的关西大学将其整理出版，这对了解20世纪一二十年代中日两国的学术交流，无疑是绝好的材料。可惜功亏一篑，只能留待有心人去完成了。

书名为"系谱"，在我看来却只是"东洋学者群像"。不像传统书院或大师讲学，新式教育鄙视"家法"，遗弃"门户"，学生博采众长，其得其失均不系于一人，因此很难构建"系谱"。学术上可能各有"师承",但这种师承关系相当微妙,也相当复杂,不像以前那么一目了然。此书为了避开明治中期以后东洋学大发展那"百花缭乱"的局面,只选取"东洋学形成期"的若干学者作为研究对象,这就更加无法辨别"师承"或"系谱"。将时间性的"系谱"改造为空间性的"网络",当然也可以,可惜作者们各自为战,很少考虑同代人之间的学术交锋。因此,"系谱"云云,只能说是体现了编辑的设想,至于读者看到的,只是由 24 位作者撰写的 24 篇学者传记。

撰稿人的阵容倒是非常可观,大部分是一二十年代出生的"名誉教授",很可能是传主的得意门生。弟子评论先师的学问,好处是体会深刻,坏处则是曲意回护。尤其是在日本这样注重人际关系的国家,选择弟子作为撰稿人本身便内在地限制了本书所可能达到的理论深度。实际上绝大部分作者都只是简要地陈述师说,没有能力或没有胆量将老师放在学术史上加以认真地评述。

但愿如此介绍,不致被误解为全盘否定此书的价值。作为一部通俗的学术史著作,对引导初学者入门自有其好处。之所以评价稍为苛刻,很大程度是一种自我反省。几年前,追随王瑶先生从事国家重点科研项目"近代以来学者对中国文学研究的贡献",深深体会到把握学术承传的脉络以及体现论者的学术史眼光之不易。对以上提及的两个"陷阱",也都预先考虑对策。但此项目的最后完成，是在王瑶先生去世以后；虽经同人再三努力，不尽如人意处仍很多。书出版后，不知能否免于"知易行难"之讥。

（初刊 1995 年 7 月 8 日《文汇读书周报》）

作为"乐谱"的丸山真男

三年前，朋友送我筑摩书房刚刚出版的《忠诚与叛逆》，并向我大力推荐丸山真男的思想学说。说来惭愧，此前虽在不少有关日本儒学思想的著述中，对其论述荻生徂徕的观点有所了解，却从未认真对待过。因为，了解近代以来日本的思想文化进程，只是我的业余爱好。没想到这位朋友非常认真，也非常执着，再三提醒我非读丸山真男的著作不可。

我读丸山著述，是从其30年前的旧作《关于思想史的思考方法》开始的。将思想史研究与音乐演奏相比拟，强调二者都既非机械地再现乐谱，也非随心所欲地发挥，而是一种追随原本的再创造。这说法很有意思，也与我的思考相通。可我知道，在具体操作中，"追随原本"与"再创造"之间的"度"，不大好掌握。很想听听丸山先生的高见。

自1980年台湾"商务印书馆"出版《日本政治思想史研究》、

《忠诚与叛逆》

1984 年台湾联经出版公司出版《现代政治的思想与行动》、1992年上海学林出版社出版《福泽谕吉与日本近代化》，丸山真男先生具体的学术观点，已逐渐为中国学者所了解与接受。只要翻阅一下近年中国出版的有关日本政治与思想的著述，不难发现这一点。作为非专业的读者，我更多关注丸山的学术姿态及其思考方法，而相对忽略具体的研究结论。

开始还有点惴惴不安，生怕因专业知识的缺乏而过多地误读丸山先生。及至见到《现代政治的思想与行动》的《增补版跋》，以及为中文版《福泽谕吉与日本近代化》所作的《序》，知道其注重"热爱学问的非职业学者"的写作策略，还有对自身研究方法的强调，方才觉得我这样非专业的阅读，也不算过分离谱。既然已经注定"失之东隅"，也就只好寄希望于能够"收之桑榆"了。

阅读丸山真男的著述，第一感觉是：这是个"问题意识"很强的学者。这种研究策略，在日本学界中并不普遍，因而显得格外显眼。丸山的问题意识，不只促使其对当代政治事件及文化思潮发言，而且渗透到他所有的专业著述中。这里暂不涉及丸山对日本军国主义的批判，或者其在"安保事件"中的立场，而将论题局限在思想史研究的领域。

在我看来，丸山真男选择荻生徂徕和福泽谕吉作为主要的研究对象，大有深意在。如果我没有理解错误的话，明治维新以来日本现代化进程的功过得失，始终是丸山先生思考的中心。早被译成英文且广为传播的关于"开国"与关于"日本的思想"的著述，固然是丸山的力作；可我还是更看重他对荻生徂徕和福泽谕吉的解读，以为其更能体现丸山这位思想家型学者的特色。

对于转型期思想的变迁，主要的研究模式，不外注重时空的"传统与现代""东方与西方"，以及注重结构的"思想与制度""上层与下层"。前两种最为直观显豁，几乎从一开始便为每个研究者所重视。后两种从酝酿到成熟，路途迢迢，至今操作起来仍是难度甚大。但我在阅读半个世纪前的丸山著述时，居然听到一些非同寻常的"声音"——对晚清以来中国现代化进程的关注，使得我很容易读出这种奇特的"声音"。也正因为如此,我不敢断定这就是"丸山",而更愿意强调此乃丸山著述对于一位外国学者的"召唤"。

《日本政治思想史研究》乃丸山之成名作,其中对徂徕学特质的描述,尤其是强调由"自然"向"作为"推移的历史意义,已经为中国学界所普遍接受。我关注的是另外两点。一是在分析徂徕摈弃抽象的"天道""性理",不讲"治心"与"修身",而专注于"礼乐刑政"等治国平天下的"先王之道"时,丸山强调其切断政治学与道德观的必然联系,有利于"经国之学"的独立发展。江户时代朱子学的确切地位,以及其时日本的社会科学水平,是否如丸山先生所描述的,还有待进一步考察。但徂徕之分别公私,强调法律与制度,确实显示出其政治思维的特点。丸山之所以敏感地意识到并成功地描述出江户儒学之由伦理向政治转移,我怀疑与他的学术背景有关。在讨论儒学思想发展时引证笛卡尔或黑格尔,中国学者也是这么做的;可邀请社会学家马克斯·韦伯(Max Weber)和政治学家马基雅维利(Machiavelli)来参加讨论,即使在今日的中国学界,也颇为新鲜。这只是一种象征。我想指出的是,许多中国的儒学研究者,只讨论观念意识的演进,而忽略政治制度的制约,这与其缺乏社会科学方面的训练有关。有中国,儒学研究的主力在文学院;而在日本,许多卓有成就的思想史家却是在法学院工作。这大概不是巧合,与中日两国儒学在历史上所发挥的作用不同有关，更与中日两国研究者学术背景的差异有关。讨论儒家思想在社会变迁中所实际发挥的作用，局限于人文研究未免眼界过于狭窄；引入社会科学的思路及术语，丸山先生的著述因而令人耳目一新。

尤其令我感兴趣的，是丸山在儒学内部解体的过程中寻求近代意识增长的学术思路。日本的"文明开化"，时人多归因于引进西学与决裂传统。而丸山先生在踏勘思想发展的"矿脉"时，则将其追溯到荻生徂徕"先王制作"对宋儒"天地自然"的批判。由"自然"到"作为"的转移，在思想谱系上，与明治维新颇有关联。并非认定一切"古已有之"，而是主张外来思想之所以能在本土生根开花，必然是内面的传统无力抵御，或者两种文化"接榫""合流"的可能性已经具备。讨论此类问题，必须"胆大心细"，稍有不慎，便会成为"盲目的爱国者"狂舞的旗帜。对于擅长借鉴外来思想的日本人来说，"东洋""西洋"都是"洋"，明治以来的转而学习西方，本不存在太大的心理障碍，所谓发扬国粹以抵御西学，远不如中国人"理直气壮"。即便如此，丸山先生的论述仍然相当克制。强调明治维新的动力不只来自"开国"，江户时代儒学的蜕变已经孕育着这种变革的可能性，这一研究思路，与美国学者柯文（P. A. Cohen）《在中国发现历史》所描述的对"冲击—回应"模式（impact-response model）以及"传统—现代"模式（tradition-modernity model）的超越，不无异曲同工之妙。限于当时学界的总体水平，这一思路并没有得到淋漓尽致的发挥；但我在后起的沟口雄三、渡边浩、饭田泰三、宫村治雄、黑住真等先生的著述中，仍能感觉到这种注重江户与明治在思想谱系上的连续性、强调传统在现代化进程中可能发挥的正面作用，以及将单纯的思想研究扩展到社会文化的学术思路。

在讨论徂徕学特质时，丸山强调其具体立论背后的思维方式，专注于隐藏在历史人物大量的言论活动深处、决定其基本立场的思维方式，这种学术思路，在福泽谕吉研究中得到更加充分的表现。就像丸山为中文版《福泽谕吉与日本近代化》作序时所说的：

> 关于政治、经济、社会、教育的具体个别问题的直接发言，不管出自多么卓越的思想家，其发言必然与其所处的时代状况密切结合，由此必然受到历史条件的制约。与之相比，上述的贯穿于具体的个别的发言深处的思维方法，就相对地能超越特定的时代的特定的风土，带有更为普遍的意义。

在《福泽谕吉的哲学》一文中，丸山通过考察福泽大量的时事评论，找出了潜藏于其深层的始终一贯的思维方法和价值意识，那就是"离开时代和场所不能决定价值"。随时随地阐明自己立场背后的条件性，强调价值判断的流动性的同时，突出人的主体性。

提倡以多种逻辑为基础的宽容，以及以价值的分散化为前提的独立的气象，这已经超越单纯的制度变更。对"文明开化"内在矛盾的认识，使得福泽并没有停留在欢呼"开国"，而是始终保留抵抗的精神以及批判的眼光。

我想，这与福泽本人"一身经历二世"的体验不无关系。在中国，晚清便进入学界文坛者，明显不同于五四新文化运动以后成长的一代，也正是因其"一身经历二世"。见识过不同政治制度及文化理想，故大都不太轻信，对事物的矛盾性（包括黑暗与光明、真理与谬误、忠诚与叛逆、过去与未来等）有比较充分的理解，习惯于径行独往，欣赏"路漫漫其修远兮，吾将上下而求索"的姿态。对于思想者，擅长于怀疑，习惯于独立思考，无疑是一种优势。在某种意义上，作为战后新生社会科学开拓者的丸山先生，也是"一身经历二世"。是否因此而特别能领悟幕末维新知识者的心境及追求，这只好说是我的"私心以为"了。

还有一点纯属猜测：近代化的推进以及社会的转型，可能自上而下，也可能自下而上。研究徂徕，可以思考前一种变革；阐发谕吉，则是着眼于后一种变革。丸山先生再三强调福泽谕吉的终生在野和致力于排除政治权力对价值的独占，都可理解为将变革的希望寄托在民间。如果这种假设成立，丸山研究中"问题意识"的突出，更是不言而喻了。

这就牵涉史学研究中一个永恒的话题：对象的客观性以及论

者的价值观。我对《现代政治的思想与行动》第三章第一节最感兴趣，因《科学的政治学——回顾与展望》撰写于战后不久，当年曾引起热烈的争论。半个世纪后重新阅读，可以看出丸山独特的学术姿态，在此文中已经基本确立。意识到"政治"与"学术"之间的紧张关系，丸山自觉迎接这一挑战。既不希望"委身于现实政治的激流，使他的学问堕落到作为特定政治势力手段的纯粹'意识形态'"，也不愿意"对一切具体的政治状况视若无睹，而回到过去抽象的书斋政治学"。这种自我定位，使得其著述兼及日常生活与学院传统。

读读《现代政治的思想与行动》各章节的题跋，实在是很有趣味的事情。在严谨的学术论文后面，附上相关的随感札记或座谈会发言，另外还有他人的批评与自己的答辩，以及多年后的自我反省等，文体的驳杂与论题的集中，充分呈现了论者思维的活跃与眼界的开阔。如此近乎"傲慢"的著述体例，其实蕴含着一种强烈的学术自信：思考的过程比结论的获得更为重要；阅读其著述必须参考其"思想与行动"；曾经介入实际人生的思想史著述，很可能便是后代研究思想史的绝佳史料。手头刚好有一部岩波书店1988年版《战后日本精神史》，24篇文章中论及或引证丸山著述的，竟有九篇之多，足见作者的期待没有落空。

这种兼及学界与大众的写作策略，在《现代政治的思想与行动》增补版的跋语中，被丸山比拟为"在家佛教"：为了学术发展，必须积累应有的"修业"；为了赋予学问活力，又必须依赖学界以外的"俗人"。此一学术立场的确立，与丸山本人的志向有关，也与转型期的社会需求有关。在一个政治经济乃至学术文化高度稳定的社会里，大众不需要"教训"，学界不允许"犯规"，丸山的著述风格因而很难再赢得满堂掌声。学界中，还会有不屑于理会规则，热衷于穿越学科及文类边界的"独行侠"，但能否像丸山先生那样"表演"得淋漓尽致并获得广泛的认可，我表示怀疑。

将丸山先生严肃的思考与著述称为"表演"，并无不敬之意，只是为了呼应其思想史研究类乎音乐演奏的比喻。还必须补充一句，杰出的思想史家，其"演奏"本身，又成就了一种新"乐谱"。因为，一部人类思想发展史，很大程度便是对于雅斯贝尔斯（K. Jaspers）所称"轴心时代"思想的不断变奏。理论上，每个学者的著述都可能成为"乐谱"——只要能够引起时人及后人"演奏"的兴趣。但实际上绝大部分"乐谱"很快烟消灰灭，只有能够召唤后人参与对话者，才不被时间所淹没。将近半个世纪过去了，丸山真男的著述仍被阅读与争论，可见其仍在参与当代的文化建设，是一部真正存在着的"乐谱"。

就像战后丸山之"演奏"荻生徂徕与福泽谕吉，很大程度是为了回应时代的课题；我之阅读丸山真男，也有明显的问题意识。

只不过日本思想史研究并非我的专业，故"演奏"时离题发挥的
成分可能更大些。

1995 年 7 月 27 日于京西

（日文本《"乐谱"としての丸山真男》，

刊［日本］《世界》1995 年第 11 期）

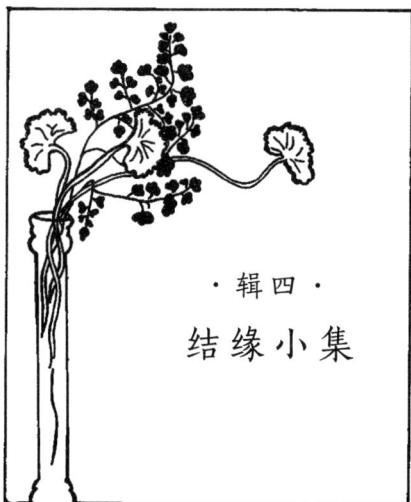

·辑四·

结缘小集

今夜料睹月华明

　　到日本前，颇担心被要求酒席上吟诗作对。别看讲诗文头头是道，可要七步成诗，摆妥"廿八贤人"，还真不容易。读黄遵宪《日本杂事诗》，其中有注解云："文酒之会，援毫长吟，高唱往往逼唐宋。"虽说后面还有一句"近世文人，变而购美人诗稿，译英士文集矣"，还是让人不放心。翻开王韬《扶桑游记》和《黄遵宪与日本友人笔谈遗稿》，随处可见酒席间吟诗的韵事；而日本文人的汉诗修养也不可低估，起码我记得永井荷风引述的"一种风流吾最爱，南朝人物晚唐诗"。

　　不知道是时光流逝风俗改变呢（那毕竟是一个半世纪前的轶事了），还是主人宽厚不便苛求，反正我没在酒席间出乖露丑过。别以为这下子可以放心喝酒吃菜了；其实"文酒之会"并未完全消失，不过改"援毫长吟"为"畅谈学问"。好处是吃一次饭，长一份见识；缺点是吃饭不全是吃饭，还得思考问题，难得饭菜全滋味。不过，据说日本学者已经习惯了，不会因此而消化不良。

　　日本学者或许很信《礼记·学记》上的话："独学而无友，则孤陋而寡闻"；要不，单为人际交流，没必要组织那么多各种各样的读书会。这些读书会活动频繁（大都每周一次），而且真"读书"。当我谈起我和我的朋友每月一次、每次一部经典的读书会时，日本朋友笑了，大概这在他们看来最多只能算"学术聊天"。在东京期间，我有幸分别参加了丸山昇先生主持的30年代中国文学研究会、木山英雄先生主持的40年代中国文学研究会、藤井省三先生组织的中国小说叙事模式研究班各自举行的读书会，回答各类提问。从思考的角度到提问的方式，不难窥见日本学者读书的细致；好多我认为不是问题的地方，他们都认真发问，而且不无道理。据说他们平时读书是一个概念一个概念地抠，一条材料一条材料地核实，一个观点一个观点地辨析，故一本书读上半年一年一点也不奇怪。这样读书，速度当然慢，可有效果。只是半年只读两三本书，思路难免受限制。其实，他们还有另外一种补救的办法，那就是每次正襟危坐的读书会后，到附近一家小酒馆里再来场不拘小节的"文酒之会"。

　　还是谈学术，可气氛已经大不一样了，因为有酒助兴。酒后谈学术，思路不大连贯，可有悟性，摆脱平日过分注重实证的倾向，劈头就是几个大胆的断语。我相信这些学术判断已经在论者心中酝酿了好长时间，只不过没有三杯酒垫底，很难脱口而出。日本学者一般治学严谨，如履薄冰，不到十分把握不敢下判断。可这也有毛病，好多大胆的创见很可能因不成熟而被憋死"娘胎"里。把这些大胆的思考搁在酒会上，是再合适不过的了，保证有人跟你抬杠"厮杀"；经过几番"舌战群儒"，论者也就心里有数了。虽说了解不深，我还是发现一个小小的秘密：学术会上温文尔雅的学者，酒会上也会面红耳赤地高谈阔论，而且颇为固执己见，不再老点头称是。单凭这一点，我信服一个日本教授的忠告：如果想跟日本学者真正对话，必须学会在微醺状态下讨论学术问题。可惜我酒量太小，无法把握这个微醺的度，老怕酒醉出丑，酒会上不免显得过分清醒。无法进入学术对话的"最佳状态"，自然十分遗憾；不过也有个好处，可以从容观察、思考日本人"文酒之会"在学术研究中的地位和作用。

在东京期间，每天出门乘地铁，车厢里有一幅广告特别引人注目，那是专门教日本女子穿和服的学校的招生广告，上面题着"精致的魅力"五个字。何止是和服，整个日本民族的饮食、居住，乃至文学艺术，似乎都在追求一种"精致的魅力"。学界自然也不例外，研究著作一般口子开得很小，操作十分细致，材料旁征博引（有时近乎堆砌），结论倒在其次，重要的是论证。我在《中国小说叙事模式的转变》的序言中也表达过类似的愿望，日本学者对此很感兴趣，可在他们看来，我的著作还是略嫌粗疏。这种对"精致"的刻意追求，中国学者一般不大欣赏，激进者甚至讥之为"小家子气"。对日本学者在资料整理和考证方面的贡献，大概是举世公认的；问题是如何评价日本学界十分注重实证以至相对忽略理论思辨的总体倾向。

我曾经试图从各个角度思考日本学界的这种追求精致的趣味，说是一种对研究对象的尊重，着重理解而不是评判？说是一种敬业精神，为学问而学问，只求论述自身的完善？说是文化传统中对"小而巧"的推崇，以点滴之水、咫尺之树表现万里江山四时佳兴的花道，不正是这一传统的表征？或者干脆说成是一种民族习惯，一种"洁癖"，只希望把一切整理得井井有条？所有这些说法都显得皮相了些，似是而非。以我对日本文化的粗浅理解，本不该侈谈此类问题；可不了解日本学者的思路和治学特点，那学术交流就只剩下引进几个概念和翻译几篇文章了。我依然"知其不可而为之"。

一个偶然的机缘，我对日本学者的治学有了新的认识。在一桥大学举行的酒会上，我的异国师兄尾崎文昭先生（20世纪80年代初他曾作为高级进修生在北大师从王瑶先生攻读中国现代文学）和我谈起他对汪曾祺、残雪小说的看法，令我大吃一惊。一来这不是他的专门研究领域，二来结论是如此大胆，三来思路与平日文章迥异。一开始我以为是因其留学北大的缘故，后来发现与他争论的日本学者思维的跳跃和视野的开阔也不下于他，用中国学者的眼光来看，也都宏观得够可以。我突然间明白，日本学者公开发表的论文和酒会上的学术争辩是两回事，后者既不"严谨"、也不"精致",倒是颇有几分"气魄"和"想象力"。看来不只是李白吟诗需要酒,学者畅谈学问也需要酒。多一分酒气,就多两分睥睨天下的气魄和"精骛八极,心游万仞"的想象力。在我看来,这在研究的特定阶段是必不可少的。只是如何把这种纵横的学术眼光内化在严谨的学术文章中,而不显得过分突兀(起码能自圆其说),才是问题的关键。

不止一位日本朋友说我的著作"思路跳跃",也就是说有些他们认为该谈的地方,我存而不论。有的是一时疏忽,有的则是有意省略。辩解中我引了鲁迅设想的文学史和陈寅恪的《唐代政治史述论稿》,似乎有"拉大旗做虎皮"之嫌,不过我坚信抓重点文化现象的研究方法,反对罗列材料"眉毛胡子一把抓"。所谓史家的眼光,一半就体现在这"重点文化现象"的选择上。表面上文章里天马行空挥洒自如,可文章背后的资料积累和考辨一点也不洒脱。

或许中日学者方法上的差异和分歧,并没有人们设想的那么严重:日本学者把"气魄"和"想象力"留在"文酒之会",文章里只显其"严谨"和"精致";中国学者则更习惯把艰苦的资料准备工作压在纸背,纸面上突出其宏观的思考及史家的眼光。也就是说,不论在中国还是在日本,真正有成就的史学家都不会满足于单纯的资料考辨或理论演绎,只不过操作的次序和表现的形态不同而已。如果硬要说有什么期待,那就是希望日本的学术论文里沾点"酒气",而中国的学术论文里则多点"茶味"。

　　走出漂亮的一桥大学校园，暑气已散，夜色未浓，忽忆起 7 世纪日本中大兄皇子的两句诗："横海长云映夕日，今夜料睹月华明。"我真的见到了"月华明"吗?

1990 年 6 月 13 日

（初刊《瞭望》1990 年第 28 期，7 月 9 日）

春花秋月杜鹃夏

　　10年前初读川端康成的《我在美丽的日本》，曾为那充满诗意和禅味的神奇国度激动不已。10年后有幸逛了一趟东洋，回来后重读此文，却有点茫然若失：那是我见到的日本吗？或许不该忘记川端康成文章的写作背景，那是在诺贝尔文学奖授奖会上的演说，不免带有浓厚的文学色彩和广告意味——为那片神秘的土地，那些希望看到这片土地的神秘性的人们。

　　凡到过或听说过日本的文化人，都感叹日本在现代化过程中很好地保存了民族文化。以至当我有机会到日本与学界同行讨论"现代化与民族化"问题时，朋友中还有人拍案叫绝。仿佛那正是讨论这问题的最佳地点，而且答案早就现成，只要我虚心学习就行了。说实在的，日本之行很开心，可如何让传统文化在现代化过程中发挥作用，我依旧茫然。不是说思考毫无进展，可惜多为负面的判断，即只明白什么方案不可行，而没有找到可行的灵丹妙药。

日本都市的街头巷尾，随处可见"现代化与民族化"结合的象征。摩天大楼前托钵化缘的僧人，古老寺庙里忙碌的自动求签机，还有现代陈设的客厅里婀娜多姿的插花，广告中身穿和服微笑鞠躬的迷人女郎，以及我还没来得及欣赏的歌舞伎表演……这一切都时刻提醒你，你生活在一个物质文明高度发达而又很有东方传统风味的国度。可我依然困惑。尤其是当我在优雅舒适的和式餐厅里，抬头"万山皆法眼"，低头"深山有宝，无心于宝者得之"，转脸又是良宽的诗句"花开时蝶来，蝶来时花开"，猛然间意识到我存在于精心建造的"旅游世界"里，眼见耳闻，都不是真正的日本生活和活着的日本文化。

川端康成文中引了道元禅师和良宽禅师的诗句，一是"春花秋月杜鹃夏，冬雪皑皑寒意加"，一是"秋叶春花野杜鹃，安留他物在人间"，两者无疑都很有禅意。可这种平常心，这种古朴、自然、闲寂的境界，现代日本有吗？我不知道。所见的只是各种极为精致但没有生命意趣的先贤遗迹和传统仪式。如果以为四周挂满高僧大德的名言隽语，就能保证修道者开悟，那可就大错特错了；就好像以为有了良宽诗句和歌舞伎表演就代表了传统文化复兴一样，无异于以指为月。月在哪里？禅师说不在指头，不在眼中，而在心里。换句话说，不在于日本的旅游胜地挂有多少禅宗语录，而在于普通日本人心灵深处及日常生活中到底有多少禅意。

或许是偏见，我总怀疑现代生活里一眼就能辨认的"传统文化"，要不就是未经改造的"真古董"，其价值只能由考古专家和古董商来确定；要不就是徒具形貌全无神韵的"假古董"，其作用在于作为点缀和摆设，有助于旅游业的开展。一个民族真正有价值的传统文化精神，不是旅游者走马观花就能发现的。旅游者欣赏的，实际上只是一种异国情调，这就难怪各式专门赚"老外"钱的"仿古新建筑"应运而生。倘若以为这就是"传统文化"的复兴，那我们完全不用为中国文化的前途挂虑。不信请看那严肃得有点滑稽的祭孔表演，那虔诚得近乎狂热的寺庙修建，还有气功热的流行、古钱币的涨价、宫廷小吃的走红……这一切都说明中国已经对"传统文化"很有兴趣。可我担心，随着此类"传统文化"复兴的，是真正的传统精神的丧失——不应该忽略旅游业在促成真假古董涨价的同时，对真正有价值的传统文化精神的亵渎和摧残。

"春花秋月杜鹃夏"作为一种理想的人生境界，也许只能永远存在于古典世界里。现代人说"是"说"否"，很可能只是一种姿态。说"否"，因其"不合国情""缺乏爱国精神"而受到各种非议；说"是"，则显得"有文化""有根基"，容易取悦于人。可我怀疑此类表态就像"全盘西化"或者"保存国粹"一样，只有情感意义而没有学术价值。

近代以来，中国知识分子老在这里翻筋斗，一次次文化论争也都围绕着这一点展开。在我看来，与其空泛地设计文化政策，不如实际考察知识者的心路历程。前者需要简单明了的口号，后者则需要真正的心灵沟通——这种复杂而微妙的内心感受很难用语言准确表述，故本人也好，论者也好，都不自觉地将其遗忘。因此，当我翻阅大批东西文化（现代化与民族化）论争时，总觉得缺了点什么。或许就是知识者在侃侃而谈的文化设计背后自家的心理反应吧？我相信，这比口号之间的论争更有趣些。

有个历史现象曾令我迷惑不解：近代以来的知识者，为什么常由潜在的全盘西化论者，一转而为公开的国粹大师？而且早年西化越厉害，复古起来就越彻底。人生真的如过马路一样，必定先看看左，后看看右吗？直到我认识了苏曼殊、王国维、鲁迅后，我才明白了此中奥秘：对于既不了解东方文化也不了解西方文化的人来说，"选择"是轻松愉快的；而对于真正了解东方文化和西方文化的人来说，"选择"却充满矛盾和痛苦。上述三人都曾在抗拒中选择，在选择时挣扎，确实深刻感受过东西方文化的魅力以及两者之间的矛盾，故不敢轻易谈论"中化"与"西化"。比起这些充满矛盾的痛苦灵魂来，那些自认早就实现东西方文化融合，或者今天"充分世界化"、明天"彻底民族化"的聪明人，未免活得太轻松了些。而这种没有抗拒没有挣扎的选择，只不过是顺应潮流或屈从强者。容易转过来的人，也就容易转过去，因为很可能根本就没有转变过。不敢说找到了问题的答案，只不过明白了其中的分量，知道这是一条铺满荆棘之路，故对于那些脚下没有任何伤痕的"雅士",不免表示一点本能的不信任。

感谢东京女子大学的伊藤虎丸先生,承他告诉我,40年前,日本著名学者竹内好就对此有过精彩的论述。在《现代中国论》中,竹内好先生区分东方国家两种不同类型的近代文化,一是"回心"型,一是"转向"(适应)型,关键在于接受西方文化过程中有没有经过"抵抗",而他本人显然倾向于经过"抵抗"的"回心"型。

我不了解今天日本的知识分子,可我敢说中国的读书人还没有足够的精神准备来迎接这一挑战。

1990年6月18日

(初刊《瞭望》1990年第31期,7月30日)

书卷多情似故人

古来吟咏读书的诗文多矣，可很少得我心者，原因是绝大部分诗文都把读书当手段，强调的是读书的效用而不是读书本身的乐趣。"万般皆下品，唯有读书高"不用说，就是"读书破万卷，下笔如有神"，也都嫌功利色彩太浓。其实，对真正的读书人来说，最合适的还是明人于谦的两句诗："书卷多情似故人，晨昏忧乐每相亲。"此次日本之行，既没购买图书的财力，也没查阅资料的任务，不过还是抽空逛了几次书店，访过几个文库。一来探探路，为日后的研究作准备；二来于书店、文库中摩挲一册册印刷精美的书籍，确有如晤故人的感觉——尽管好些书我根本看不懂。

到过东京的读书人，大概都逛过神保町书肆街，就好像读书人到北京非逛琉璃厂不可一样。来去匆匆，对书肆街一百多年历史没有多少了解；阮囊羞涩，我也无权像当年的周作人那样评说日本的书籍市场。令我感触最深的，一是书店的读书氛围，二是书店的广告宣传。

20世纪二三十年代的读书人，是可以优哉游哉地在琉璃厂无论哪家书店翻书、读书的，老板说不定会奉上一杯清茶或攀谈几句，不全是套近乎以便推销商品。书店如此逛法，不失为一种高雅的娱乐。不知从什么时候起，必须隔着柜台观书。近年虽有改善，不少地方实行开架售书，可又有售货员紧紧盯着你——据说即便如此，还是不断出现坚信"窃书不算偷"的"孔乙己"。并非每个进书店的人都想偷书，可售货员那机智警惕的目光让你心里发麻，哪里还有闲情享受翻弄书籍如晤故友的乐趣。不知道是日本人不在书店里偷书呢，还是老板的监视更为隐秘，反正我在书店里自由自在翻阅各种图书，没有发现那种审视怀疑的眼光。这一点让我感觉很舒服。我真羡慕那些斜靠在书柜或墙角全神贯注读书的"买书人"。

到东京后，第一感觉是生活在广告世界里，放眼望去，找不到一块没有广告侵蚀的"净土"。在纷纭驳杂的广告世界里，书籍广告居然一点也不示弱，这倒出乎我意料。大概日本出版业利润不少，要不怎么出得起这笔广告费。手头刚好有一张今年5月31日的《朝日新闻》，第一版1/3的篇幅是书籍广告，其中最主要的是新潮社出版的六种《图说日本佛教》。第二版至第九版都用同样篇幅刊登书籍和杂志的广告，第十版整版是"朝日出版情报"，以后各版才刊其他各种商品广告。据说，书籍的销售，代表一个国家的文明程度。我想，广告的制作和排列，或许也能看出通行的价值取向和文化心态。

我更感兴趣的是书店里自由取用的各种图书目录，不少印刷得颇为精美。像近 200 页的《筑摩书房图书目录》（1990），每种图书都附简介；《岩波文库 New 101》（1990）则每种图书除请名人评点外，还刊有彩色的书影。虽说归国时行李超重，我还是不肯丢下这些不花钱的书目，除自己欣赏外，还想推荐给搞出版的朋友。在中国，常常是出版家抱怨没读者，读书人抱怨没好书。图书情报的贫乏，是图书市场萧条的一个原因。当我看到东京神保町三家专售中国书的书店各自出版的月刊时，居然发现好些无缘谋面的近年中国出版的好书。东方书店的《东方》、内山书店的《中国图书》以及燎原书店的《燎原》，都是既刊图书评论，也刊中国图书目录。以书评论，似乎不及中国的《读书》《书品》《书林》等学术水平高；不过，其长处在图书情报，更何况是每个书店独立创办的。

在国内早读过关于东洋文库的介绍文章，以及东洋文库刊行的《东洋学报》和其他书刊，可毕竟闻名不如见面。当我在有各种文字签名的纪念册上题上自己的姓名和工作单位时，不由得记起东洋文库的宗旨："为全日本以至全世界的研究者提供研究上的方便，乃为他们的崇高使命。"那 70 万册专业性很强的图书，固然令每个"东洋学"学者怦然心动；更令我感兴趣的是个人文库的设立，以及极为方便的借阅制度。而这些，非独东洋文库为然，在我参观过的东京大学东洋文化研究所书库、东京大学文学部书库和京都大学文学部书库，都有这两个特点。

散书容易藏书难，这可能是古今中外藏书家的共同感慨。即使如赵松雪那样加盖"后人不读，将至于鬻，颓其家声，不如禽犊"之类的图章，也无济于事，藏书迟早总要散落市井。正如黄宗羲感叹的"尝叹读书难，藏书尤难；藏之久而不散，则难之难矣"。一般读书人，能收到几册名藏书家的旧藏，可以发发怀古之幽思，固是韵事；可藏书一旦散落，其价值大打折扣，对于学有所长的专业藏书家来说，更是如此。在图书馆里设立个人文库，可以使专业藏书家的收藏为后世无数学子所共同享用，可谓功德无量。像东洋文库中的莫利逊文库（G. E. Morrison）、岩崎文库（岩崎久弥），东洋文化研究所的双红堂文库（长泽规矩也）、仓石文库（仓石武四郎）和京都大学文学部的铃木文库（铃木虎雄）、狩野文库（狩野直喜），其收藏之精，都令人叹为观止。中国不是没有这样藏书丰富的大学者，像已故的梁启超、胡适、郑振铎、阿英等，其藏书也都赠送或出售给公共图书馆，可由于没有设立个人文库，藏书散落于茫茫书海，利用率很低，且有丢失之虞。我在北京大学图书馆的借阅处，就不止一次借到有胡适题签和批注的胡氏旧藏，很想辑其批注，可根本无法窥见全豹。

个人文库有利于保存收藏家之特色（如莫利逊文库注重研究中国的西文书籍、双红堂文库注重明清戏曲小说），再配以各种文库的藏书目录（手头就有尾上兼英先生编辑的三百多页的《仓石文库汉籍分类目录集部》），研究者很容易找到所需书籍。据说，日本学者借阅此类文库藏书非常方便。参观时，我无意中提及某书在国内找不到，东京大学和京都大学的朋友们马上为我复印，令人感慨不已。在日本，藏书利用率高，是一种荣誉，故工作人员不断殷勤介绍本馆的珍藏；而在中国，藏书越少人能见到，价值越高，大家都捂着"孤本""善本"，唯恐外人来借阅。当日本朋友问起我曾著文谈及的图书馆里看书难的问题解决了没有，我只能报以苦笑。或许，中国人还没有摆脱古老的藏书楼传统，故注重收藏而忽略使用。

临离开日本前，日本朋友询问此行的收获，我半真半假说了一句："就想今后有机会能来日本访书。"话一出口，就觉得不是滋味——我想访的是汉籍而不是日文书。历史上的古籍外流，我们尽可以"痛心疾首"；现实生活中有意无意的资料封锁，却只能让人仰首窃叹。

1990 年 6 月 15 日

（初刊《瞭望》1990 年第 30 期，7 月 23 日）

共同研究是否可能——重读中岛碧先生信有感

收到日本大学关于中岛碧教授（1939—2001）因病去世的讣告，不禁潸然泪下。虽然此前已经从电话中得到通知，还是不如白纸黑字的"铁证如山"。今年 1 月 20 日，东京下过一场大雪，那天晚上，我们正好在中岛先生家中做客；席间，还观赏了她即将出版的"东洋文库"版《列女传》译注校样，谈论关于古代中国图像与文字的复杂关系，其乐融融。

我认识中岛教授已经 10 年了。10 年间，中岛教授辗转于奈良、京都、东京的多所大学，我们一直保持着相当密切的联系。但说实在话，真正的深入交谈，尚有赖于 1992 年 9 月的湘西之行。与国外学者打交道，即便已经十分熟悉，也很难达到"无拘无束"的境界。只有在长途旅行中，各自暂时卸下盔甲，淡忘自己的社会角色与文化背景，还原为一普普通通的"过客"，那时的谈话，方能见真性情。10 天里，我们既聊各自在农村的生活经验，表达对农民命运的深切关注；也品鉴沈从文笔下出神入化的山光水色，甚至在猛洞河漂流时不慎翻船落水；当然，也有正襟危坐的时候，此行毕竟以"学术研讨"为正题。

讨论会的名称是"20世纪中国文学与区域文化"，是为湖南教育出版社组织的同题丛书做理论准备。会间，9月24日，我做了题为"文学意趣与史学品格"的即席发言（发言纪要收入我的《书生意气》，上海：汉语大辞典出版社，1996）。第二天，在开往张家界的车上，作为"会议特邀代表"的中岛碧教授（其实只是结伴游湘西，说好可以不发言的），递给我七页稿纸的信件，表达她对这次会议的看法。在我所认识的汉学家中，有如此迅速反应能力的，不止一两位；但肯如此真诚地谈论文化差异，直面中日两国学者之间的隔阂，却是绝无仅有。我相信日本一位著名学者的话：中日之间，讲"友谊"容易，求"理解"难。其实，不同民族、不同文化之间存在隔阂，此乃正常现象；可为了怕影响"友谊"而刻意回避矛盾，绝非好兆头。

我更欣赏中岛教授的思路，中外学界之间，需要构建"共同研究的'基础'"，以便"进行真的互相的学术交流"。而这就要求我们直面矛盾与差异，努力追求相互间的理解与沟通。比起中岛教授的众多中国学研究著作来，我更看重她的视野与胸襟。正是基于这一考虑，我撇开了关于中岛教授学术功业的介绍，转而发表她九年前的论学书札（除了三两处明显错漏，不作任何改动）。

2001年4月17日于京北西三旗

附录：中岛碧《共同研究的"基础"——与陈平原书》

昨天在会上的您的发言，在我看，说得有意义。因为，中国现代（当代）的文学研究家的论文、评论，一般来说，我觉得太"文艺化"了。从学术研究的视角来看，未必要的"修饰"太多，文字常常带有过分的"情感"，篇幅一般太大，文笔太华丽，客观性、论理性相当不够。能耐"欣赏"，要进行共同研究时，思维方式和理论上，缺少能够沟通的因素，令人感觉到不能耐烦。中国人对于日本学者的著作觉得"枯燥"，日本人对于中国学者的（当前的）著作有时觉得缺乏客观、实地的调查、考察，缺乏"考据"，反而感情、感性上的因素过多。觉得不是学术著作，而是一种"文学创作"。

这个"文学创作"的说法本身当然没有贬义，只不过是作为一部学术著作，有时没必要的东西太多。我看从前的学术著作（中国的）不是这样的，您当然知道，无论是清朝考据之学（朴学）的著作也好，民国时期的学术著作也好，以"实地""考据"为本质，感情上的东西不多。我过去研究过的（说实话，不能算是"研究"，只是翻了一翻）东西，除了丁玲之外，大半都是学者的著作，纯粹的作家的作品不占一半——闻一多、朱自清、王国维、杨绛等都是。郭沫若也是。还有不少旧学的学者、文人。他们所写的著作、论文，可以说是学术上的东西。但最近在中国出的学术著作，搞"理论"的也好，其他也好，不少东西都缺乏实地、踏实的考证，理论性也不太强。

当然中国学者可以有他们独特的学术风格，独特的思维方式、思路，不过达到当前这样思想开放的阶段，学者之间（世界上的）越来越需要"共同的"因素——研究方式，题目，思路，语言，等等。就这样，我们可以进行真的互相的学术交流。我受到平田的邀约时（关于您的小说史的翻译工作），考虑到这些问题。您的著作，除了能够提供资料性的材料以外，在研究方法上也有不少共同点，觉得以后可以进行共同研究。有些论文、著作不是这样。我们可以接受，可以参考，也可以"欣赏"，但不一定能够把它拿来做成"共同研究"的根据。

这 10 年，我写了一些有关杨绛的东西，也做了翻译工作。这一个工作里，我觉得她的东西（不管是文学作品还是研究论文）和别的中国人的东西不一样，在我们看，研究的思路、方式的本质上和我们的相同，没有差距。除了专门研究中国文学的人之外，一般的日本的读书人也能够理解、能够接受她的作品。比如说，她的著作不是因为有"中国风味"，而是因为又有"普遍性"，在西方很受欢迎的。当然，这不意味着只要"普遍性",不要"民族文化"的特色,而且西方人所说的"普遍性"常常只能在"西方世界"算是"普遍的真理",不一定是全人类能通用的。但20世纪前半叶,中国文学界、思想界所提出的许多问题、观点、思路,我们觉得带着很重要的"普遍性"。后来,解放以后,突出"民族的特色、社会主义的中国的特色",和我们之间,能共用的语言也没有了。鲁迅在民国时期说过,"我们和日本文学者没有共同语言",我们对于这个可以理解,它使我们日本的中国研究家(我们的前一辈)深刻地反省。后来,解放以后,不少日本的中国研究家,经过反省之余,把自己的思考方式等勉强(有时)"接近"中国的,下决心一定要努力把握中国人的思想、思路,等等。结果,在一段时期,有不少研究者把自己的研究紧紧跟着中国当前的研究道路走,不大重视自己和中国之间的该有的(实际上存在的)差异。虽然这样,"努力"是"努力",但实际上"差异"越来越大。幸而日本人的研究方式一直有着踏实、实地、过细的特点(有时可以说是优点,又有时成为缺点),虽然努力,没能一致。

就文学作品本身来说,应该有民族特色,学术著作也可以带有同样特点。比如,英国学者和法国学者,法国和德国,学术研究方法,学者思维方式,各有各自特色。但他们之间有很多共同部分、因素,有能够互相参考、互相进行共同研

日文版《列女传》，
中岛碧 译注

究的"基础"。这个"基础"，在我看，以后越来越需要。

我自己到现在没什么出色的研究成绩，但还是要继续做点事。这几天，我在会上旁听，得到了不少感想。尤其觉得共同点（在研究上的）还很少，差异、差距够大够多。我这二三十年的研究工作上，对于中国学人、知识分子的问题、思维一直都有着很大的兴趣。开始十来年左右，集中看了郭沫若（包括学术方面的）和王国维的，后来搞一些书经、诗经等先秦文学，当时当然需要看不少两汉、魏晋六朝和唐宋、清代的学者的东西，近十几年又写了一点有关现当代文学的东西（包括闻一多的）。搞先秦文学时，清末和民国时期的学者（古典学者）的著作当然需要看，王国维、顾颉刚等也在内。这样，这差不多 20 年，一直都注视着这方面的东西。因此我对你们这些年正在做着的研究很感兴趣。虽然我自己没有发表过东西，没有什么成绩，但很期待着"同行"的成绩。希望你们多读国内外的"过去的"东西——不必要太新的、当前流行着的。日本和西方的汉学界，和你们的一样，20 世纪前半叶有了很多成绩，有不少著作、研究，现在还没有人超越。当然后一代也有他们的优越点。但人文科学不像自然科学那样，不能说"过时"的已经完全被超越了、可以扔掉的。

昨天会上的您的发言引起我的这些感想。不一。

（初刊 2001 年 5 月 16 日《中华读书报》）

丸尾教授的"年头诗"

岁暮年初，坐在温暖如春的小书房，拜读众多旧雨新知的贺年卡，是一件很惬意的事。尤其是日本学者喜欢别出心裁，往往自制卡片，或绘制插图，或借题发挥，或汇报一年工作成绩，或送你几句无关紧要的俏皮话。总之，力求有自家面目在。不过，像丸尾常喜先生那样，每年给朋友寄一首散文诗的，大概不会很多。起码在我接到的贺年卡中，这还是独一份。

丸尾先生不是诗人，而是著名的中国文学研究专家，有《"人"与"鬼"的纠葛——鲁迅小说论析》（此书中译本 1995 年由人民文学出版社推出）《鲁迅〈野草〉研究》等著作传世。因研究领域接近，我们很早就有交往。记得第一次见面时，他刚出任东京大学东洋文化研究所教授。由于长期在比较偏远的"北大"任教——就像北京大学的师生一样，日本北海道大学的师生也喜欢将自己的学校简称为"北大"，以至当我访问并做演讲时，必须以"你们北大"和"我们北大"来加以区分——与中国学者当面交流的机会不多，丸尾先生的中文口语不甚流畅，话一多，脸就红。不过，他很有信心地说，到东大后，会加紧学习的。果然，第二年收到的"年头诗"，便改为中日文对照。

10年过去了，丸尾先生从国立的东京大学退休，转任私立的大东文化大学教授。工作时间增加，上班路程拉远，只是喜欢鲁迅、热爱登山以及写作"年头诗"的习惯不变。去年夏天，在东京的一个小酒馆里，听他讲述游览古城西安的感受，当时就预感到，这很可能成为他献给新千年的"年头诗"。果不其然，年初收到的贺年卡上，赫然写着"西安之行"。读到大雁塔对诗处，回想当初听他讲这轶事时，周围的日本朋友全都睁大眼睛问"是真的吗"？他那一脸陶醉的神情，着实让我感动。

作为《野草》研究专家，丸尾先生的写作明显有所借鉴。虽学步鲁迅，却没有《野草》的神秘与幽深，平实的语词背后，并不特别追求"象征"或"寓意"，呈现的只是让书斋里的学者"自我陶醉"的瞬间。我感兴趣的，不是这些散文诗的技巧，而是写作者的心态：在一个日益专业化的时代，作为术业有专攻的大学教授，如何长久地保持对于生活、对于大自然以及对于文学（尤其是中国文学）的热爱，而不是只将其作为"事不关己"的研究对象？

前些年，丸尾教授全力以赴撰写《鲁迅〈野草〉研究》，曾因此而"诗思枯竭"。先是借用鲁迅一段文字作为1997年的"新春

日本版《鲁迅：人与鬼
的纠葛》，丸尾常喜著

贺词"，后又想以《题〈野草〉解》权当1998年的"年头诗"——
终因体例不合而作罢。这里不避画蛇添足之讥，录下这四句"偈
语"，供对外国教授的中文修养感兴趣的朋友鉴赏："敢想有解在，
时碰鬼打墙；周公梦不见，停步还踉跄。"

2001年2月28日于京北西三旗

附录：丸尾常喜《"年头诗"》

诗神（1992 年）

　　每年只有一次我想做诗人，这次可真是窘了。到来的都是假的阵痛。我生于南九州的一个盆地，那里四面八方望起来都是山，我也就做过很多梦，越过那些山会展开怎样辽阔的天地？这次我也以为或许能做石垣りん（Ishigaki Lin）的《峠》（顶峰的路）那样的诗篇，但试做几次，都捉不到合适的词语。在东京少有的空气澄澈的日子，要站在坡道上的电信研究所的院子里，西方就能看见富士山的秀峰。但是那个院子是用钢网围起来的。我出去散步时走进去两三次，却有一次被人责怪赶出来了。所以近来要看望富士山也觉得很麻烦。这样一来，我终于被诗神放弃不顾了。嘴里说着这样的推托的话，我走下早晨的坡道去。

12 月的感想（1993 年）

　　七八年前的晚秋，札幌下了一场不时的大雪，白桦和柳树，有的折掉了树枝，有的裂断了树干。还没落完叶的树枝上附着了大量暖雪，因此支持不住了。深冬的朔雪"粉一般干，大风一吹，便飞得满空如烟雾"。在东京，12 月还开着小山茶花,接着大山茶花树也要开花了,一年中没有不开花的季节。但是偶尔下了大雪,坡道上就有行人摔倒,有时也受重伤。那时大山茶花,也正如鲁迅所写:"赫赫的雪中明得如火。"现在坡道上的民居后院有一棵火棘属Pyracantha结了小果儿,满树是红。不久迎到红果儿完熟时,会有许多小鸟儿都飞来啄食,忽然它们消失了。

汉城的秋天(1994年)

没想到汉城是一个多山的城市,新的住宅区向山峡中延伸着。我们站在山上的汉城大学的一个坡道上眺望汉城的风景。韩国K先生是汉城的一个女子大学的老师,Y女士是现在留学日本的韩国学生。S君是在北京大学留学的日本学生,他是跟着参加鲁迅研讨会的北京的老师们突然出现在汉城的。韩国学者很喜欢在酒店喝着酒讨论学问,在研讨会开完的昨天夜里,中国的Q先生、W先生和S君到深夜两点才回饭店来的。今天,我们坐K先生开的汽车来访问他和Y女士的母校。远近两座山山脚边覆盖着汽车废气造成的淡黄色的薄霞,但仰看而去却是深蓝色的汉城的秋季天空。

枇杷花(1995年)

北海道没有枇杷。就像没有柿子和橘子一样,不仅是因

为有二十多年住在札幌，也许还有别的原因，到最近我知道
枇杷在冬季开花。札幌的孩子们有很多只见过水果店里的枇
杷，但是他们柔和地唱着《枇杷歌》，去想象外皮上有白色
细毛的黄金色的果实，在像驴耳朵似的叶子荫下互相抱起来
摇动的情景。我从搬到惠比寿以来每天早上散步的路旁，几
处有枇杷，当山茶花树开着鲜红色花的时期，它们在枝头上
静悄悄地把淡黄褐色的许多花穗养大了。现在它们被绒毛包
住的花萼一个一个地打开，冒出很小的白花。

几件微不足道的小事（1996 年）

　　每天早上散步的坡道崖上的旧房子被拆了，在以前植着
梅树、栗树、三枝杈楮树、胡枝子、白百合等的院子里开始
打钢桩，那棵冬天结出红色的果实引来许多小鸟啄食的火棘
也消失了。1995 年发生了空前的大事件。因此这只不过是
一件微不足道的小事。我家东面儿完成了惠比寿庭园地区高
层楼群，可望见三座高楼。以前从阳台上能眺望的元旦初升
的太阳，在这年却升于中央一座高楼的后面。当周围的天空
眼看着染成红色，让我们知道了是"日出"的时候，那座高
楼的西面的玻璃窗户一扇一扇开始发出不可思议的闪光了。
这是它们受到矗立于那座楼西边的另一座楼东面的窗户反照
的阳光，一齐又反射出来的。对面国铁惠比寿车站的高层楼

也快建成了，现在夕阳竟从东方射到我家里来。

1997 年新春贺词

引用鲁迅一文代为贺词，敬祝一家健康。

七草在日本有两样，是春天的和秋天的。春的七草为芹、荠、鼠曲草、繁缕、鸡肠草、菘、萝卜，都可食。秋的七草本于《万叶集》的歌词，是胡枝子、芒茅、葛、瞿麦、女郎花、兰草、朝颜，近来或换以桔梗，则全都是可以赏玩的植物了。他们旧时用春的七草来煮粥，以为喝了可避病，唯这时有几个用别名：鼠曲草称为御行，鸡肠草称为佛座，萝卜称为清白。

——鲁迅《〈桃色的云〉剧中人物的译名》

看星（1999 年）

搬到了奥武藏地区以来，我喜欢看星空。11 月的狮子座流星雨，我是在我家院子前的露台上跟中国人 Y 先生一起观看的。Y 先生是一位"天文迷"。他坐在小凳上全然不动，我可大抵是躺在露台上，我们都持续仰看了约五个小时。Y 先生每看到一个流星，都"哦"地叫出一声。他看到了 25 个，我只看到 20 个，但刚过了四点飞来的那个最亮的流星的长痕到现在还清楚地留在我的眼底。1997 年 3 月，那时我正非常艰苦地写着一本书。有一天五点起床后，我揭开了楼上小书房的窗帘，蓦地发现 Hale-Bopp 彗星。它在眼前的暗青色的天空中竖立着放出亮光。约有 10 天，这道光束总是出现，给我的激动是无以言说的。

二千年的致意——向茨木典子（2000 年）

写过"我最美丽的时候／谁也没送给我亲切的礼物／男儿们只知举手敬礼／只留下清澈的眼光就都上战场去了。"的诗人。她也说到过留着胡子的梅兰芳，还曾为不知战争已经结束，而在北海道的山野中潜逃彷徨 13 年的刘连仁作过一篇长诗。又说过"你的初志将要消去／不要怪罪于生活／那原本不过是薄弱的志气"的她。过了好久，她于去年出版了第八本诗集。面对喧闹和浮躁，苦楚和悲哀也丧失了使人心深厚的力量，人人将变成满身带刺的仙人掌的贫乏之国的今日，她唱出了拒绝之歌。她嘴里还发出 50 年代她常诵的那一行："绝望之为虚妄，正与希望相同。"新诗集题曰《不依靠》。在写了"我不再想依靠什么权威"的同名诗篇最后，她又说："倘若要依靠什么／那只有／我的椅子的靠背。"年头之际，我要向这位诗人致意："请代向您的椅子好好儿地问候。"

西安之行（2001 年）

眼下看到了把黄褐色的山脉波浪起伏的黄土高原削成一道深谷，发光而流的黄河拐直角曲折北上的地方，飞机不久降落在咸阳的机场。四月底我们夫妇由中日两位友人陪同，总算实现了长年神往的西安之行。在西安郊外展现着一片绿色的麦地，还见到不少年轻的苹果地。时时出现在眼前的村庄，每家种了几株桐树，满村正开着紫色的花。这个日本遣唐使曾从事学问的古都，处处还能感触到"汉唐魅力"，我的照相机总收不下终南山的山容。现在亲眼看到了秦始皇兵马俑的凄厉。但在我，却更偏爱茂陵石兽的豁达和汉阳陵家畜俑的明朗。爬上大雁塔的木阶时，我不觉发出声来，诵了"欲穷千里目"这上半句，上面就回下来了一个洪亮的声音："更上一层楼。"到了楼上，声音的主人原是一个魁伟的服务员。他见了我们，莞尔而一笑。

（初刊《美文》2001 年第 9 期）

一次会议和一本新书——追怀丸山昇先生

去年 11 月 26 日，日本著名现代文学专家丸山昇先生不幸病逝。虽早有预感，但噩耗传来，还是让人叹息不已。在与友人商拟唁电、表达哀悼的同时，我暗自庆幸：总算抢在死神到来之前，用一本新书和一次会议，表达了我对于一个学者兼战士的敬意。

2005 年 11 月 26 日，正好是丸山先生去世的前一年，在北大图书馆北配殿，举行了"左翼文学的时代"国际学术研讨会。那天下午的主题是"日本的中国现代文学研究——暨丸山昇著作中译本出版座谈会"。坦白地说，两天的会议议程，我最没把握的就是这一场。因为只有发言名单，没有文章题目，不知道各位会讲些什么。特别担心发言者误读了议题，一味客套，让在场的年轻学子们失望。须知，老一辈的情谊，未必能够自动延伸到年轻人身上，处理不好，台上慷慨激昂，台下无动于衷。可没想到，现场气氛十分热烈，不止台上诸位，甚至坐在台下的，也都抢着发言。而且，所有的讲辞都兼及学问与人生、精神与交谊，精彩纷呈。事后我问学生，都说是"很受感动"。在一个流行"解构"和"大话"的时代，要让年轻人"感动"，其实是很不容易的。

有了学生们的这般评价，我就放心了。开幕式上，我提到："如此有情怀的学术研讨，值得诸位全身心投入。"那与其说是针对与会者，不如说是表达自家心愿。考虑到丸山先生日渐恶化的身体状态，以及课程安排、天气状况等，会议只能在这个时候召开。但作为会议的组织者，那个时候，我正在哈佛大学访问讲学。虽说事先做了周密安排，同事和学生也很能干，即便我不在场，会议也能开好。可最后时刻，我还是决定，提前一个多月，结束此次美国之行。别人不知道，我心里很清楚，这大概是对心仪已久的学术前辈丸山先生表达敬意的最恰当、也是最后的机会了。如果缺席，日后我将遗憾终生。

这场讨论的正题是"日本的中国现代文学研究"，发言者本该有更为宏阔的视野；可很多人都是虚晃一枪，便转入了副题，讨论起"丸山昇著作中译本出版"来。关于前者，我在事后的答记者问中，有大略的表述（参见附录的《与鲁迅进行精神对话——北大中文系教授陈平原谈中国现代文学研究在日本》），也得到了日本学者的赞赏。这里更想涉及的，还是那册丸山著作中译本。

其实，"新书"和"会议"，二者密不可分。某种程度上，这个国际会议，除了因应中国学界重新阐释"左翼文学"的需要，更主要的，是想向长期关注并深入思考20世纪30年代中国作家"向左转"的内在动力及功过得失的丸山昇先生，表达敬佩之情。开幕式上，我说了这么一段话："记得20年前，丸山昇先生等来北大访问，在临湖轩与我们座谈'20世纪中国文学'。在会上，丸山先生曾提醒：谈论20世纪中国文学，无论如何不能绕过'社会主义'这个关键。他说的是对的。时至今日，面对那还不算太遥远的'过去'，如何记忆、陈述，怎样理解、阐发，对于中国学界来说，仍是个难题。这回的讨论会，选择弹性较大的'左翼文学'，而不是'左翼作家联盟'或'社会主义文学'，也是别有幽怀。"不仅是我本人，与会的诸多学者，不见得都赞成丸山先生具体的学术判断，但对其执着的精神追求以及坚定的学术立场，还有将学问与人生融合为一，均表示了景仰与钦佩。

会上，很多学者对北大出版社"适时推出"丸山昇先生的《鲁迅·革命·历史》中译本极感欣慰，对此，我很是得意。因为，为了这本新书，我足足筹备了五年。会议的热闹，大家都看得见，至于新书背后的故事，则带有更多个人的记忆。

记得是2000年秋天，利用"十一黄金周"，我到东京探望正在东大讲学的妻子夏晓虹。跟丸山先生等日本学者聚会时，我建议编译"丸山昇现代中国文学论集"，收入我在北大出版社主持的"文学史研究丛书"中。有诸位师友推波助澜，丸山先生爽快地答应了。本以为很容易做到，没想到具体操作起来，困难多多。

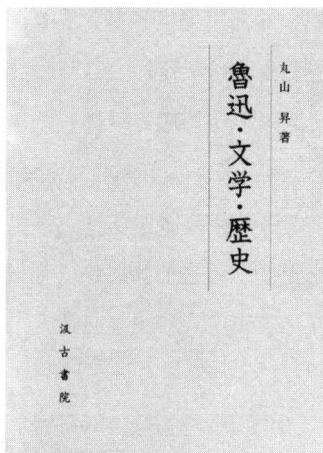

日文版《鲁迅·文学·历史》，
丸山昇 著

　　大概过了一年，丸山先生托人带来一包书稿。估计是怕麻烦别人，书稿只是汇集了已有的中译文章，无论篇目还是译笔，均参差不齐，有些根本就是摘译或简述。如此"杂编"，显然不能体现作为学者兼斗士的丸山昇先生的风采。转给与先生熟稔的孙玉石老师看过，也认为以目前的样稿，不合适出版。这让我很为难：既希望此书能尽早面世，又担心过于草率登场，误导了中国读者。

　　2003年夏天，我再次敦请尾崎文昭等友人，请其从旁催促并协助选文；并约请我们的学生、现在东京大学留学的王俊文君统一翻译。眼看着丸山先生身体越来越差，中译本的进度十分缓慢，我真担心此事会旷日持久地拖下去。

　　恰在此时，2004年9月，大病初愈的丸山先生，率领主要由日本"中国30年代文学研究会"成员组成的访问团，来到北大，与我们进行学术交流。我灵机一动，觉得不妨利用此时机，推动中译本尽快完成。于是在酒席上，我贸然提议：明年秋高气爽时，在北京大学召开"左翼文学"研讨及丸山著作出版座谈会。本已表示此行为最后一次访问中国的丸山先生，对这个计划也很有兴趣。经过电子信函的往复商讨，双方终于决定合作举办会议。中译本的工作，也自此上了快车道。

　　此后，便是丸山先生与译者通力合作，边选边译，边译边校。译文有作者把关，我能参与意见的只是选目。中译本的第四辑，属于日本的"中国现代文学研究史"，选录三篇学术史性质的文章，那是我的主意。因为，或当面聆听，或读过译文，我深知这三文对中国读者很有帮助。另外，丸山先生自拟书名是《鲁迅与中国现代文学》或《鲁迅与现代中国》，我则建议，模仿先生新近在汲古书店出版的《鲁迅·文学·历史》，定为《鲁迅·革命·历史——丸山昇现代中国文学论集》。此举深得丸山先生的赞许。将"鲁迅"与"历史"中间的"文学"置换为"革命"，突出丸山学术中的理想主义色彩，这或许带有当代中国人的特殊趣味。

　　在《辛亥革命与其挫折》一文（即日文版《鲁迅——他的文学与革命》第一部第六章）中，丸山昇先生这样谈论鲁迅的思维方式："鲁迅从未在政治革命之外思考人的革命，对他而言，政治革命从一开始就与人的革命作为一体而存在。……换言之，鲁迅作为一位个体在面对整个革命时的方式是精神式的、文学性的，这在性质上异于部分地只将革命中的文学、精神领域当作问题的做法。"（中译本《鲁迅·革命·历史》37页，北京大学出版社，2005）对于一生追摹鲁迅精神的丸山先生来说，这段话是解读此书的一把钥匙。

汲古书店 2004 年 10 月刊行的《鲁迅·文学·历史》这部近600 页的大书，对我们的编译工作很有帮助。中译本共 16 文，选自此书的就有 9 篇（约占原书 1/2 的篇幅）。另外几篇，分别来自《鲁迅——他的文学与革命》（平凡社，1965）、《鲁迅与革命文学》（纪伊国屋书店，1972）和《现代中国文学的理论与思想》（日中出版，1974）等。至此，以论文集形式，大致体现丸山先生整体的学术风貌，这个目的基本上是达到了。

但严格说来，除了平凡社的《鲁迅——他的文学与革命》值得全书翻译，中央公论社 1976 年初刊、田畑书店 1997 年增订再版的《一位中国特派员——山上正义与鲁迅》、集英社 1987 年初刊、讲谈社 2004 年重印的《上海物语》，以及丸山先生颇为牵挂的《至文化大革命的道路——思想政策与知识分子群像》（岩波书店，2001），也都值得介绍给中国读者。

丸山昇先生的学问，无疑有相当强烈的政治性；有些论述，在当今中国，仍属"不合时宜"。好在丸山先生非常理解中国的现状，对于删掉《斯大林批判与中国——波兰、匈牙利事件的冲击》一文（即岩波书店版《至文化大革命的道路》第九章），他只是在《后记》中略有表述："对于那些资料的解读方式，由于问题的政治性特征，总是不得不涉及微妙的政治问题，我担心会产生意料不及的误解。这并非我的本意，所以本论文集暂且不收这些文章。"丸山先生提请读者参看的，正是至今没有中译本的《至文化大革命的道路——思想政策与知识分子群像》；可见，先生不是没有遗憾的。好在所选各文，具体论述中的"个人立场"与"特殊用语"，都保留下来了，这点实属不易。

平心而论，北大出版社对于此书的出版，提供了极大的方便与支持。7月份还在重新调整篇目，8月底最后一章方才交给责任编辑；即便如此，11月中旬，新书已送到与会者手中。我与该社交往20年，如此"兵贵神速"，这是头一遭。

唯一的缺憾是，按照汉语规范化的要求，出版社将"丸山昇"印成了"丸山升"。丸山先生明白出版社的苦衷，连说"没关系"；可私下里，还是戏称"被砍了头"。当代中国的出版物，到底该如何对待异体字，是个棘手的问题。我的意见是，对于古代及外国人名，最好是尊重原貌，不擅改。但这已是题外话。

2007年3月5日于京西圆明园花园

（初刊《鲁迅研究月刊》2007年第2期）

附录：《与鲁迅进行精神对话——北大中文系教授陈平原谈中国现代文学研究在日本》

日本学界研究中国现代文学的三本著作——丸山昇、伊藤虎丸、木山英雄三位学者的作品——近日由北京大学出版社出版。日本对中国现代文学的研究大都从鲁迅入手，鲁迅与中国现代文学研究在日本学界是怎样的状况？日本的汉学研究给中国学界什么样的启发？带着这些问题，本报记者专访了这三本书的策划人——北京大学中文系教授陈平原。

学问背后的心情

《国际先驱导报》：欧美和日本做中国学研究的问题意识、理论资源以及他们关注点的差别在哪儿？

陈平原：通常所说的"海外中国学界"，其实差别很大。曾经引领风骚的欧洲汉学界，现在仍有很好的学者，但总体水平在下降。这就难怪，进入中国人视野的，主要是美国和日本的"中国学"。一般来说，谈论中国，涉及"古典文学"时，我们更关注日本学界的意见；至于研究"现代文学"，则美国学者的著述更为人称道。

　　由于地缘政治、文字渊源、汉学修养等，日本的中国学家，大都对中华文化有较多的理解与同情。不仅仅是"外部观察"，更包含"内在体验"，这样，才能较好地进入历史情境，体会那作为研究对象的"中国"。

　　日本研究中国现代文学的，大都从鲁迅入手，而且对"左翼"多有好感；这与欧美学界有很大不同。这里有文学趣味的差异，有意识形态的隔阂，也与是否追求理解、体贴对象（具体历史情境下中国作家的挣扎与追求）有关。当然，过于认同研究对象，也会有问题，但这个弊病，目前不是主流。

《国际先驱导报》：您能否先大致介绍一下日本的中国现代文学研究？

陈平原：日本人研究中国文学，有很长很长的历史。但要说关注现代中国文学，则只能从 20 世纪 30 年代说起。1934年底，当时的年轻学者竹内好、增田涉、松枝茂夫、武田泰淳等，组成了"中国文学研究会"，第二年春天，刊行了《中国文学月报》，开始有系统地介绍、评说以鲁迅为中心的中国现代文学。将着眼点从"古典中国"向"现代中国"转移，不仅仅是研究领域的扩大，也包含着文化趣味以及思想立场的选择——这些年轻学者，多少都与马克思主义有过接触，希望通过研究现代中国，寻求自身思想和文学的立足点。这应该是日本第一代研究中国现代文学的学者。

至于丸山昇、伊藤虎丸、木山英雄等，都是战后进入大学，在竹内好的影响下，开始与鲁迅进行精神对话的。面对新中国的成立，思考战败国日本的命运，进而反省日本近代化的挫折，这是丸山这一代现代文学研究者主要的工作动力。如何看待中国革命的经验与教训，不仅与其专业研究，更与其精神状态有着十分密切的联系。

《国际先驱导报》：竹内好对鲁迅的研究现在在国内比较受关注，您策划的这三本日本学者的著述，也都与鲁迅关系很深。为何日本学者对鲁迅投入了如此多的关注？

陈平原：自 1920 年青木正儿第一个向日本读者介绍鲁迅的《狂人日记》，80 年来，鲁迅一直受到日本人的崇敬。1953 年起，鲁迅的《故乡》开始进入日本的教科书；1972 年中日邦交正常化后，几乎所有的国语教科书里，都收入了这篇小说。因此，日本人对作为文豪的鲁迅，其实是很熟悉的。前几年，《故乡》退出日本的国语教科书，我有点担心，怕以后日本的年轻人不再与鲁迅保持密切对话。

日本研究中国现代文学的学者，之所以大都从鲁迅入手，除了鲁迅本身的人格魅力、文学成就以及思想史地位外，更因鲁迅与日本文化有着千丝万缕的联系。日本学者读其书，既备感亲切，又有可以用力的地方。

竹内好与丸山昇之谈鲁迅，都有明确的问题意识，而且都根源于各自的生活以及著述的时代。竹内的表述思辨性强，丸山的思路则更接近中国革命的历史情境。

鲁迅·文学·政治

《国际先驱导报》：无论是竹内好还是丸山昇，他们对鲁迅或中国现代文学的研究都会很深入地思考以往和当前的政治问题，以及文学与政治的关系，这个似乎是国内学界所欠缺的，您怎么看现在国内研究鲁迅和现代文学的现状？

陈平原：你说得没错，竹内和丸山都在思考知识分子的命运，都在追问"革命"是否可以内在于"文学"。可中国学者又何尝不是如此？对于作家来说，是否能够既保留革命的热情与想象力，又创作具有永久魅力的文学作品，这是一个相当严肃的挑战。说来似乎很简单，文学之于政治，既不该完全迎合，也不能一味拒斥。可实际生活中，外在环境的严酷，内心挣扎的惨烈，都令人对此话题不敢掉以轻心。如此"苦斗"，对于志向远大的文学家来说，是一种宿命。可也正因为这样，诸多饱受磨砺的灵魂，值得我们去理解，去体贴，乃至去表达崇敬之心。斗转星移，当年"左翼"文人的很多具体举措，不被今人所认可；但那种"心气"，那种"抱负"，那种"追求"，永远让人怀念。

曾经有那么30多年，"无产阶级革命文学""左翼作家联盟"等，乃是现代文学研究者格外关注的中心话题。可随着"现代化叙事"的迅速展开，以及"后现代主义"思潮的汹涌，20世纪80年代中期以后的中国学界，有意无意地回避了"左翼文学"这样沉重的话题。最近几年，这个倾向开始有所扭转。包括这回在北大召开的"左翼文学的时代"国际学术研讨会，也都是希望深入理解文学与政治之间极为错综复杂的关系。

《国际先驱导报》：包括丸山昇在内的日本学人的鲁迅及现代文学研究，对国内学者的启发意义主要有哪些方面？另外，为什么您会特别选择策划翻译出版这三位学者的研究书籍？

陈平原：选择丸山、伊藤、木山三位学者，为其出版著作并组织讨论，既是对日本学界负责，也是我们自己的需要。挑什么学者，选什么文章，都是经过再三考量的。这三位学者，都以研究鲁迅著称，但立足点不同，学术风格迥异。

有基督教文化背景的伊藤虎丸，关注鲁迅早期思想根源，侧重鲁迅与尼采、与日本明治文化的联系，而借讨论《破恶声论》中的"伪士当去，迷信可存"，直接挑战现代中国

日本学者三书书影

的启蒙论述，更是意蕴宏深。闲云野鹤般的木山英雄，着重探究的是鲁迅的诗性及其哲学，故以《野草》为中心，展开深入细腻的论辩。政治意识浓厚的丸山昇，更欣赏作为"革命者"的鲁迅，着重研究鲁迅晚年在"革命文学论战"中的表现。

关于鲁迅研究，此前中国学界已陆续译介了北冈正子的《摩罗诗力说材源考》（北京师范大学出版社，1983）、丸尾常喜的《"人"与"鬼"的纠葛——鲁迅小说论析》（人民文学出版社，1995）和藤井省三的《鲁迅〈故乡〉阅读史——近代中国的文学空间》(新世界出版社，2002)，那都是功力很深的"专家之学"。比他们略为年长的丸山、伊藤、木山三位，其著述中有更多内心的挣扎与精神的历险。他们从自己的生命体验出发，逐步接近鲁迅与中国现代文学，这种阅读以及写作的姿态，很让我感动。时过境迁，好些论文的观点已被超越，但我欣赏这些专业著述中隐藏着的精神力量。不仅仅是技术操作，而且是将整个生命投进去，这种压在纸背的心情，值得我们仔细品味。

（记者江南报道）

（初刊《国际先驱导报》2005 年第 176 期，12 月 16 — 12 月 22 日）

燕山柳色太凄迷

先说一件小事。最近两辑的《现代中国》，连续被要求撤稿，说是上头有令，不准谈汉奸文人胡兰成，无论立场如何。这两篇稿子的作者，一在香港，一在日本，你让我怎么向人家解释？可见，在民族主义情绪高涨的中国，涉及此类敏感话题，还是颇多忌讳。不过，能请日本学者木山英雄来北京谈论抗战中的周作人（《北京苦住庵记—日中战争时代的周作人》），毕竟代表了学界风气的变化。

这是一部旧书，30年前出版的旧书。做学问的人都知道，江山代有才人出，30年前的著作，还能傲然站立在读书人的书架上——而且还是在异国，这很不容易。当然，30年后重印，作者加了很多补注。这样处理很好，既保存了初版本的肌理与脉络，又体现了作者对此课题持续不断的关注与思考。比如第四章"非议与沉默"的三则补注，分别摘引楼适夷的《我所知道的周作人》（1987）、李霁野的《关于周作人的几件事》（1992）和钱理群的《周作人传》(1990)，说明周作人原本希望在美国系统的燕京大学和德国系统的辅仁大学谋求职位，以实现其北平"苦住"的诺言(67—68页)。这一点，让我们对日军占领第一年周作人的态度，有了更为清晰的了解。当然，类似的说法，《知堂回想录》一七七节"元旦的刺客"中已提及；可有了旁证材料，再辅以史家之笔，效果还是大不一样。

在《致中文版读者》中，作者称，对于"这本以日中交涉史上极其微妙的部分为主题的著作"刊行中译本，"不能不产生一些复杂的感慨"。说实话，我也一样。喜欢周氏兄弟的，估计不会诘难，但在中国学界，如何谈论抗战中的落水文人，以及如何看待日本学者之关注沦陷区文学及学术，存在很大争议。尤其是作者明显对周作人抱有敬意与同情，"试图尽可能贴近他的立场而对事件的整个过程予以重构，以安慰那失败的灵魂"，这么一种论述策略，能否被中国读者理解并接受？

作者在撰于2004年的《新版后记》中，表达了重读旧作的感想："对于本书的主人公，我自然站在与中国人不同的立场上，甚至反手利用我无法像中国人那样去加以批判的关系，而试图尽可能去接近周作人的经历体验，今天想来，结果是对这位文弱之人的失败主义式的抵抗给予了相当的肯定。"(274页)所谓"日本人没有权力批判周作人"，很可能被中国读者读解成了"曲意回护"而编造的遁词。比如第三章"滞留北京"中关于"七七事变"的叙

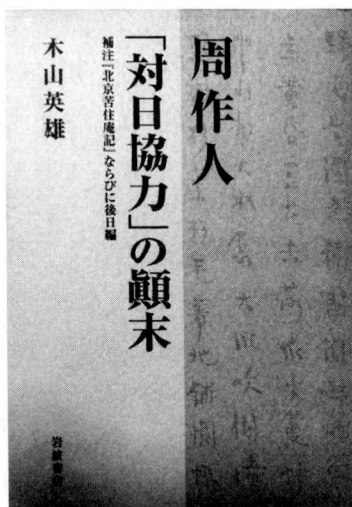

木山英雄日文版著作

述（27—32页），便与我们的理解有很大差异。一句"事件本身的真相，至今仍然没有完全弄清楚"，是不太让人满意的。说到底，这是日本学者所撰、在日本出版的著述。

我读周作人抗战期间的诗文，明显感觉到强烈的内心挣扎。《北京苦住庵记》第五章"流水斜阳太有情"，引录《知堂回想录》中的三首打油诗，尤其是第一首"禹迹寺前春草生，沈园遗迹欠分明。偶然拄杖桥头望，流水斜阳太有情"，解说得很好（84—87页）。这与作者的旧体诗修养深大有关系。现在国内外不少学者对新文学家的旧学（包括旧诗）感兴趣，但因自身学术素养的限制，说得不到位。选择了"现代性中的古典"这样的好题目，可实际操作中往往力不从心。而木山英雄先生对 20 世纪中国的旧体诗词表现出强烈的兴趣，日后还从事过专门研究，这种学养很少人能够企及。

木山书中提到，在咏叹"流水斜阳"前一年，周作人还写了"怀吾乡放翁也"的打油诗："家祭年年总是虚，乃翁心愿竟何如。故园未毁不归去，怕出偏门过鲁墟。"解说时，作者认定其"表达对被占领的前途之忧虑"（85 页）。其实，诗后自注值得玩味，不像用典，也不纯然写实，是内心的挣扎，这才需要着一"怕"字。作者关注"禹迹"诗，联系到"他在沦陷时期始终坚持且以此来支撑自身的，不是作为意识形态的国家民族，而是'中华民族'的文化同一性这样一种东西"，故将此诗定为"一说便俗"的自我辩解。我同意"这首诗的慨叹乃发自欲参与临时政府的自觉"（86 — 87 页），但这已经是落水后的自我安慰了。更值得注意的是落水前的犹豫不决、彷徨无地。

周作人"无法回绝日本人的邀请而写的那一类'应景'文章，他则以均不收入沦陷时期出版的文集这一方法划清界限"，木山先生由此认定，"作为文笔家的周作人，可算证明了他在作品层面的不肯屈服"（158 页）。其实，不是艺术判断，而是道德自律——落水后的周作人，心事重重，为自家的历史定位留下不少伏笔。中国人格外讲究民族气节，这对于当事人，无疑造成巨大的精神压力。就像钱谦益，降清后不断自我表白，借助那些必定传世的诗文，让后人理解其不得不如此的"苦心孤诣"。之所以这么说，是因为我注意到"家祭年年总是虚"前面的那首关于糖炒栗子的打油诗。

1937年3月30日，周作人撰《〈老学庵笔记〉》，提及"笔记中有最有意义也最为人所知的一则，即关于李和儿的炒栗子的事"。对于曾歌吟过"遗民泪尽胡尘里，南望王师又一年"的诗人陆游来说，记录这则凄婉的故事，自然是寄托遥深。至于后世无数读书人，只要稍有正义感及历史常识，很少不被"李和儿之递送南宋使臣炒栗子"，以及"挥泪而去"的身影所震撼。至此，"炒栗子"已上升为一种文化符号，代表了某种不便言说或无须明言的"故国之思"。

体会陆游的心境不容易，追摹乃至实践，那就更难了。"七七事变"后，名教授周作人没有随北大南迁，而是选择了"苦住"北平，不能不让人捏一大把汗。此后，一直到1938年2月9日，周氏公开出席日本《大阪每日新闻》社召开的"更生中国文化建设座谈会"，标志着其正式附逆，这中间的半年多时间里，敌我双方都在努力争取他。而周作人的内心深处，更是翻江倒海。就在此天人交战之际，他写下这么一首打油诗："燕山柳色太凄迷，话到家园一泪垂。长向行人供炒栗，伤心最是李和儿。"诗后有同年12月11日的自注："一月前食炒栗，忆《老学庵笔记》中李和儿事，偶作绝句，已忘之矣，今日忽记起，因即录出。"二十天后，周作人意犹未尽，重写一绝，便是上述"怀吾乡放翁也"的"怕出偏门过鲁墟"。身为"标志性人物"，在炮火纷飞的年代，周作人其实没有多少回旋的余地，一旦失足落水，更是很难重新上岸。

1940年3月20日，周作人撰《炒栗子》，刊同年6月《中和月刊》1卷6号，后收入《药味集》中。此文在立意以及史料排比上，与三年前所撰《〈老学庵笔记〉》互有同异——最大的区别在于，作者在文章末尾巧妙地引入上述那两首表现故国之思的打油诗。又过了四年，也就是1944年10月，在《杂志》14卷1期上，周作人发表《苦茶庵打油诗》，共收入其撰于1937年11月至1944年10月的打油诗24首，打头阵的，正是这"伤心最是李和儿"！此类"述怀"，吟咏是一回事，发表又是另一回事；不止刊于杂志，还收入《立春以前》（此书刊于日本战败投降的1945年8月，可书稿寄往上海太平书局，却是在同年3月底），可见周作人确实希望此心迹能"广为人知"（参见拙作《长向文人供炒栗——作为文学、文化及政治的"饮食"》，《学术研究》2008年第1期）。

最近10年，华北沦陷区文学开始受到重视，但学者的生存处境及其内心世界，却没有得到认真对待。举与周作人相关的，如燕京大学的郭绍虞、辅仁大学的陈垣、中国大学的俞平伯，还有顾随等，他们抗战中的诗文和著述，都留下了某种心迹。"东亚文化协议会"的代表中，本包括"公开宣布不合作的辅仁大学陈垣的名字"，可很快地，"陈垣的名字从后来的协议人员名单里消失了"（78 页），这背后必定大有文章。还有，其他留平教授处境如何，怎样咬紧牙关度过艰难岁月，不也同样值得钩稽？俞平伯曾自述："在敌伪时间，常有人来向我拉稿，我倒并不是为了贪图稿费，只是情面难却，便给那些不含政治色彩的文艺刊物写写稿"。朱自清得知此事，曾去信劝阻："前函述兄为杂志作稿事，弟意仍以搁笔为佳。率直之言，千乞谅鉴。"从此，俞很少撰述，抗战"最后两年，根本就没有提过笔"（参见孙玉蓉编《俞平伯研究资料》38 页，天津人民出版社，1986 年）。据说陈垣平生"最满意的著作"乃是《通鉴胡注表微》（参见《励耘书屋问学记》66 页，北京：生活·读书·新知三联书店，1982 年），其中关键，恐怕不在学问，而是心境。1958 年科学出版社重印此书，其《重印后记》有云："我写《胡注表微》的时候，正当敌人统治着北京，人民在极端黑暗中过活，汉奸更依阿苟容，助纣为虐。同人同学屡次遭受迫害，我自己更是时时受到威胁，精神异常痛苦，阅读胡注，体会了他当日的心情，慨叹彼此的遭遇，忍不住流泪，甚至痛哭。因此决心对胡三省的生平、处境，以及他为什么注《通鉴》和用什么方法来表达他自己的意志等，作了全面的研究，用三年时间写成《通鉴胡注表微》20 篇。"

至于周作人早年学生、也被认作京派文人的顾随，抗战中困守北平，也吃糖炒栗子，也读《老学庵笔记》，还写下了《书〈老学庵笔记〉李和儿事后》（见《顾随全集》第一卷 384 页，石家庄：河北教育出版社，2001 年）。单说其使用"怀念故国的典故"还不够，还必须补充一句：北平沦陷八年，顾随先后在燕京大学、中法大学、辅仁大学、中国大学等校任教，从未与日伪政权合作，保持了传统士大夫的气节，无论讲论诗文，还是为人处世，均显示了鲜明的民族意识和爱国情怀。1943 年元旦，顾随去沈兼士家拜年，不幸被日本军宪扣留了十多天；同年，顾随吟成《书〈老学庵笔记〉李和儿事后》，两相对照，不难明白其中的忧生与感怀。1945 年秋，抗战胜利，顾随撰《病中口占四绝句》，其中有云："吟诗廿载咽寒蛩，一事还堪傲放翁。病骨支床敌秋雨，先生亲见九州同。"（见《顾随文集》573 页，上海古籍出版社，1986 年）从《老学庵笔记》到《示儿》，从"炒栗"到"王师"，正是陆游的诗文，使得同为诗人的顾随身陷逆境而不甘沉沦。

南京市档案馆编《审讯汪伪汉奸笔录》（南京：江苏古籍出版社，1992 年），收录了有关周作人资料 26 篇，除前北大校长蒋梦麟证明周作人作为"留平教授"如何保护大学校产、现任北大校长胡适出具证明"北大复员后，点查本校校产及书籍，尚无损失，且稍有增加"（今日北大图书馆善本书库里的"李盛铎藏书"及大量日文书，得益于此）。我更关注的是前辅仁大学教授沈兼士、前清华大学教授俞平伯的陈情，以及前燕京大学教授郭绍虞证明周作人在太平洋战争爆发后如何营救燕大教授陆志韦、洪业等，前辅仁大学教授顾随则证明作为教育督办，周作人如何出面与日本方面交涉，让其释放诸多被捕的辅仁教授。审判中，"北大旧同僚们的运动起到了一定的作用，大概是事实"（236页）；可昔日的学生，也有采取另一种立场者，如傅斯年之严词批驳，还有郑天挺的拒绝签名为周作人说情。这也是北大人，各有其志，完全可以理解。木山先生谈周作人 1946 年 6 月寄傅斯年《骑驴》诗，连带分析其五言十六韵长诗《修禊》（236 — 238 页），见解很好，不过稍嫌隐晦了点。此诗不仅表明周作人对傅斯年的怨毒与不满，更包含了其对战争的理解、对审判的抗拒，以及对书生高调的鄙夷。

日本占领北平后，开展"大学整顿"，综合原国立北平、北京、清华、交通四大学的剩余部分，组成了所谓的"国立北京大学"。作者称："当然，这个'北大'正如在中国冠以'伪'字那样，从抗日中国的原则来讲，只是一所继承了北大的名字和设施的完全与北大不相干的另一个学校。"（77 — 78 页）其实，抗战期间，不仅有伪北京大学，还有伪中央大学等，这是一笔没能得到很好清算的"旧账"。烽火连天，大批国立及私立大学辗转南迁，这是世界教育史上的奇迹——不仅西南联大，很多大学都有可歌可泣的故事。只有前苏联的莫斯科大学有过类似的举措，但规模和时间远不能比。撤退到西南、西北的大学，日后得到政治史家及教育史家的极力褒扬，而如何看待沦陷区的大学，始终是个难题。

到目前为止，这是个禁区——纪念"百年校庆"时，各大学毫无例外，都含糊其词，至于当事人——不管是政要还是学者，也均刻意回避。学校"伪"，学生不"伪"，教授立场更是迥异。如何使得那些年毕业的大学生，不会成为"孤魂野鬼"，考验着政治家及史学家们的智慧。早稻田大学名誉教授、著名中国近现代史专家安藤彦太郎多年研究西南联大，也在关注伪北大问题；我们约好多多交流，可未能真正落实。回望历史，"燕山柳色太凄迷"，谈论此话题，中日两国学者各有"难言之隐"。

《北京苦住庵记》第十一章"审判"，好几处提及黄裳的《老虎桥边看"知堂"》和《更谈周作人》，其中有曰："他的确有些当时记者的风格，关于周作人的事情，关键之处往往以剑拔弩张的言辞予以断罪。"（232页）作者很敏感，黄裳确实"深明大义"，且行文中"义正词严"，对涉及文人气节者，从不含糊。十几年前，葛剑雄在《读书》（1995年第2期）发表《乱世的两难选择——冯道其人其事》，对身处五代乱世的"长乐老"冯道表示同情；张中行于同年第12期《读书》上刊出《有关史识的闲话》，为之叫好。隔年1月，《文汇报》即揭载黄裳措辞严厉的《第三条道路》，称张论与汪精卫的"高论何其相似乃尔"。另外，1989年第9期《读书》上，黄裳又有《关于周作人》一文，提及周谈《老学庵笔记》的打油诗："以已经落水的汉奸而写出这样的凄哀欲绝的诗，表面看来正是一种绝大的矛盾，然而却是周作人祈求内心平衡而流露出来的心曲。"

　　这倒让我想起去年文坛发生的一件小小公案。这场论争，微妙之处不在葛、黄二人的文章，而在葛文转述的柯灵那通电话（参见葛剑雄《忆旧之难——并谈一件往事》，《随笔》2007年第1期；黄裳《忆旧不难》，《随笔》2007年第2期）。孤岛时期，日后成为著名散文家的黄裳，曾用笔名为汉奸所办杂志《古今》写文章。这到底是不明真相，还是生活所逼（照黄本人说法，是为了筹集到大后方去的路费），其实无关紧要，关键是，这些论文衡史的随笔，作者长期遗忘，近年被有心人发掘出来后，方才结集出版。可就这么点陈年往事，想推导出黄裳之所以喜欢谈论"文人气节"，乃是早年经历留下的阴影，由"自感愧疚"一转而成"大义凛然"，我看不大合适。若没有进一步的证据，不该作"诛心之论"。

　　记得20年前，第一次见面时，木山先生有一句话让我很感动，大意是：作为日本人，我深感歉疚，让中国最好的作家沦落到世人不齿的地步，而且百口莫辩，实在是罪过。几年前，在台湾的"清华大学"演讲，被问及什么时候给周作人摘去"汉奸"的帽子，我说不太可能。随着时间的推移，世人对周作人"附逆"这件事，会逐渐谅解，或者说有一种"了解之同情"，但不会也不该完全遗忘。我曾经设想，假如"元旦的刺客"得手，周作人"杀身成仁"，那20世纪中国的思想史及文学史，将是何种景象！可惜，历史无法假设。

对于生活在太平岁月的读书人来说，面对乱世中的"文人落水"，首先是哀矜勿喜，千万不要有道德优越感。其次，不管是讥讽／批判，还是理解／同情，谈论此类错综复杂的历史场景及人物，分寸感很重要，即所谓"过犹不及"是也。作为史家，必须坚守自家立场，既不高自标榜，也不随风摇荡，更不能一味追求文章之"酣畅淋漓"。有时候，论者之所以小心翼翼、左顾右盼，文章之所以欲言又止、曲折回环，不是缺乏定见，而是希望尽可能地体贴对象。以上几点，是我读《北京苦住庵记》的感想。

2008 年 10 月 1 — 4 日撰于京西圆明园花园

（木山英雄著，赵京华译：《北京苦住庵记——日中战争时代的周作人》，

北京：生活·读书·新知三联书店，2008 年）

（初刊《读书》2008 年第 12 期）

"从鲁迅出发"——读《鲁迅比较研究》

　　日本的中国现代文学研究，大都以鲁迅为根基。这个判断，更适合于从竹内好到丸山昇的上两代学者。20世纪80年代以后崛起的新一代学人，很可能不再以鲁迅为论述中心，但仍将其视为重要的"出发点"。日本学界的这一"偏好"，既基于自身的问题意识借鲁迅思考日本的前途及命运，也基于其学术视野日本人有可能在鲁迅研究方面大显身手。相对来说，上两代学人侧重前者，而新一代则更倾向于后者。二者治学风格略有差异，却都做出了可喜的成绩，也得到了中国同行的普遍认可。

　　上两代的鲁迅研究，译成中文并广为人知的，有竹内好的《鲁迅》（杭州：浙江文艺出版社，1986年）、伊藤虎丸的《鲁迅、创造社与日本文学》（北京大学出版社，1995年），以及丸尾常喜的《"人"与"鬼"的纠葛——鲁迅小说论析》（北京：人民文学出版社，1995年）等。至于新一代的研究成果，单篇译文不少，专著则只能举出最近由上海外语教育出版社推出的《鲁迅比较研究》（藤井省三著，陈福康编译）。

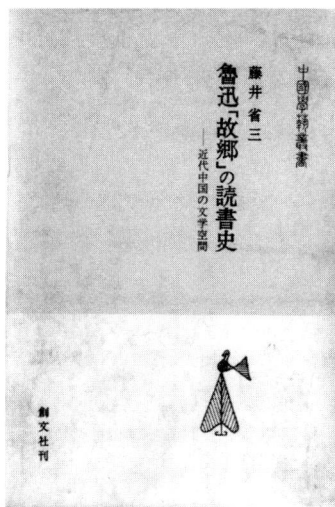

日文版《鲁迅〈故乡〉阅
读史》，藤井省三 著

　　东京大学文学部教授藤井省三，20世纪80年代初在复旦大学
进修，20世纪90年代中期到北京大学研究讲学，与中国学界的联系
极为密切。这位"新锐学者"，已出版中国学著作八种，这在学术著
作出版远比中国困难的日本，实属罕见。《鲁迅比较研究》的论述范围，
主要涵盖其前三种著述：《俄罗斯之影——夏目漱石与鲁迅》《鲁迅
〈故乡〉的风景》《爱罗先珂的都市故事——1920年代的东京、上
海、北京》。这里以中译本为主，连带介绍其"走出鲁迅"之后的著述。

　　中译本以"比较研究"为题，很容易被划入比较文学阵营。
这自然没错，可未必能尽其意。单看题目，《鲁迅与拜伦》《鲁迅与安德烈夫》《鲁迅与夏目漱石》，似乎与中国学界的思路没有什么差别。可仔细阅读，很快便能发现日本学者的得天独厚处。留学日本七年半的鲁迅，在当时以及日后对于域外文学的译介中，多有明治时代日本思想界、文学界的影子。这本是人所共知的事实，只是中国学者受学养及资料的限制，很难真正进入这一课题。看藤井君讨论鲁迅对于显克微支、安德烈夫、阿尔志跋绥夫、契里珂夫、安徒生、爱罗先珂等的接纳，都能举出日本文学界的态度作为参照，实在令人羡慕。中国学界往往直接将鲁迅与某外国作家作比较，虽也有所创获，但缺了日本这个重要的中介，总是一种遗憾。这当然也有陷阱，那便是论者容易沉湎于细节的钩稽，见同不见异，无意中抹杀了鲁迅的独创性。藤井君显然深知此中利弊，不断强调鲁迅选择的自主性，以及借鉴中的创新。比如，解读《野草·复仇》，藤井君引入了鲁迅翻译的《工人绥惠略夫》以及长谷川如是闲的《血的奇论》，这已经令人大开眼界，论者更指出，必须将此前《摩罗诗力说》中的"斗剑士"、此后《铸剑》中的"黑色人"考虑进来，方能真正体味鲁迅曲折复杂的"复仇的情念"。这种全景式描述，使"接受"成了作家整个艺术生命的一环，不再纠缠于那永远也说不清的"影响与创新之间的比例"。

以广义的考据为根基，乃整个日本中国学研究的特色，藤井君的追求，则可以添上一句，以"文学的社会史"为归宿。此语虽系《爱罗先珂的都市故事》一书的出版广告，却颇能概括作者的学术追求。据该书序言，作者写作时广泛利用了外务省外交史料馆所藏档案（包括日本密探跟踪爱罗先珂的秘密报告），查阅了东京、上海、北京三地的报纸杂志，并调查了众多知情人。读藤井君众多著述，时能见到新发掘出来的史料，这里所下功夫，陈福康《编译者序》有精到的评介。难得的是，此等发现，往往能恰到好处地穿插在具体叙述中，避免陷入孤立无援的"小考证"。在三宅雪岭主编的《日本及日本人》第 508 号（1909 年 5 月）上，发现有关《域外小说集》的介绍，将日本人对于周氏兄弟的关注提前 11 年，固然可喜。可作者并没有局限于此，根据此则记事强调"一般中国学生似乎爱读俄国的革命的虚无主义的作品"，分析日本人何以注目邻国刚刚起步的译作，以及中日两国文学家同时喜爱安德烈夫的原因。略为排比一下出版时间，甚至得出以下结论：不同于清末以日本为中介接受西学的通例，"与其说鲁迅卷入了日本的'安德烈夫热'，不如说他要与日本的文学者在翻译上一争先后"。此类以"考据"面貌出现的"论述"，乃藤井著作中最引人注目者。

在一般人眼中，日本学者擅长处理小问题，缺乏宏观研究的兴趣与能力。这或许是一种误会。日本学者之喜欢从小处入手，目的是便于把握对象，以求得干净利落的解决。至于着眼点，则不大为对象所限制。藤井论鲁迅，便特别强调"国际性的精神现象"，比如现代民族国家的建立、个人主义的兴起、布尔什维主义与人类主义的张力、希望与绝望之同为虚妄，以及文字与图像的沟通等。这当然首先是由鲁迅的思考所决定的，但论者相当投入，而且多有创获。这种开阔的学术视野，使得"从鲁迅出发"的藤井君，在其后的《中国文学百年》《现代中国的轮廓》以及刚出版的《（新）中国文学史》等著述中，试图勾勒百年中国的文学进程，而讨论处于交流与侵略夹缝的《东京外语支那语部》，研读20世纪八九十年代中国电影的《中国电影读本》，更显示作者的学术抱负。以目前学界的研究水平，如此宏大的叙事，处理起来实不容易。如何协调广博与专深，对擅长专题研究的日本学者来说，尤其是个难题。从论题到文体，藤井君似有超越现有学科边界及学术范型的冲动，这一论述姿态，比其具体著述的得失更值得重视。

回到藤井君最初入门且至今仍在用力的鲁迅对于学者来说，研究对象具有某种潜移默化的引导作用鲁迅先生又何尝被学科、论题、文体所局限？只是此类"随心所欲"的写作，非大手笔不能为。不难想象，选择这条路，藤井君很难祈求"一路平安"。不过，对"《故乡》的风景"有深入论述的藤井君，肯定记得那无所谓有、也无所谓无的"地上的路"。

1997 年 8 月 5 日于西三旗

（《鲁迅比较研究》，藤井省三著，陈福康编译，

上海外语教育出版社，1997 年）

（初刊 1997 年 9 月 2 日《人民日报》）

"失败的英雄"

好几年没跟高筒光义君"谈哲学"了。说"哲学"，其实有点僭越，只是依高筒的习惯，将超越现实需求的、略为玄虚的、海阔天空的谈话，统统称之为"哲学"。不谈他的企业经营，也不谈我的文学研究，就谈20世纪60年代的理想主义、21世纪的中日关系、臭氧层修复的可能性、核大战的威胁等，诸如此类不着边际的"大问题"。每回酒酣茶醉，拊掌而笑，眼看着双方语言表达能力迅速下降，只好不断地"干杯"了。

不知为什么，提起《三国演义》，高筒说他最喜欢诸葛亮。这并不奇怪，古往今来，喜欢孔明的读者，比比皆是。同样喜欢孔明，原因则可能千差万别，高筒的答案便很有个性："因为他失败了。"起初以为是语言表达的问题，他的中文和我的日语同样不如人意，即便辅以英文，也多为简单的判断句。

五年前，因日本学术振兴会的雅意，我有机会在东京大学和京都大学访学一年。就近观察，询问了不少教授和学生，竟然多有同感。在中国人看来，诸葛亮最值得赞赏的，是其运筹帷幄，决胜千里，建立起不朽功业；而日本人的感觉，则更接近杜甫的歌吟："出师未捷身先死，长使英雄泪满襟。"（《蜀相》）

诸葛亮的智谋及人格魅力，固然得到中日两国读者的一致肯定，可侧重点略有不同：一强调成功；一着眼失败。设身处地者注重成败，隔岸观火则比较超然——可读者的心理距离，无法解释如下事实：日本人谈起本国的历史人物，照样有美化"失败的英雄"的倾向。

我读《平家物语》，最大的感慨是，此书前后笔调很不一致，对平清盛由严厉谴责转为充满同情，关键在于其失败以及随之而来的忏悔。全书基调，真的是"祇园精舍之钟声，乃诸行无常之响；沙罗双树之花色，显盛者必衰之理"（卷一《祇园精舍》）。比起讲求功名的儒家学说，佛家之解说无常，强调刹那间的感受，似乎更能为日本人所领略。若如是，注重的便很可能不再是英雄之盖世功业，而是其人之常情。

对于习惯分顺逆、辨正邪，主张"路线决定一切"的中国人来说，日本人对于明治功臣、后又举兵反叛的西乡隆盛的态度，实在过于暧昧。不要说晚清的何如璋、黄遵宪、王韬等不解此中奥妙，今日之国人，也未必认同此种"略其迹而原其心"的思路（参见拙文《西乡铜像》，《读书》1994年第11期）。不太考虑政治立场以及实际效果，突出渲染其"心情的纯粹性"，这一点，确实中日有别。

在东京"访古"时，我对阿七的碑文很感兴趣。不敢说"此碑只应日本有"，但起码在中国，为此痴情女子立碑，会招来众多"道德卫士"的严正抗议。江户本乡菜铺老板的女儿阿七，大火中结识躲在寺庙避难的少年，误以为发生火灾便有缘相会，于是纵火获罪身亡。此事井原西鹤的《好色五人女》以及歌舞伎中都有描写，且都颇为同情，大概也都是"略其迹而原其心"。

我在东京时，住在港区的白金台，初次拜谒泉岳寺，很受震撼。赤穗义士的故事早就熟悉，可黄遵宪咏叹的"一时惊叹争歌讴，观者拜者吊者贺者万花绕冢每日香烟浮，一裙一屦一甲一胄一刀一矛一杖一笠一歌一画手泽珍宝如天球"（《赤穗四十七义士歌》），至此方才真正领悟。不是报仇成功，而是从容就义，"四十七士性命同日休"，才是令时贤及后人感叹不已的。在这个意义上，幕府之肯定私人情义上的忠节，而惩罚违背法律的复仇，反而是成全了其不朽名声。反过来，倘若不按律问罪，只是一场成功的军事行动，实在不值得大惊小怪。

1993年12月，不记得是哪一天，大概是义士殉难的纪念日，东京的电视台放映电影《赤穗浪士》。说实话，看后大失所望。不知是何方神圣所拍，反正我对电影以义士凯旋，群众夹道欢迎结尾，大不以为然。事后想想，这一阅读趣味，与高筒君的强调诸葛亮之失败，其实是"心同此理"。

中国人喜欢说，"失败是成功之母"，表面上很通达，可着眼的其实还是"功成名就"。倘若不挂上可能有的"光明的尾巴"，单纯的"失败"，很难得到理解与同情。这里所说的"同情"，并非居高临下的怜悯，而是对于命运、对于无常的敬畏。"胜者为王，败者为寇"固然不足为训，就连"优胜劣败"的进化原则，也都大可怀疑。以我有限的人生经历，失败的，往往并非智商不高，而是"良心发作"——这自是戏谑之语，可用到高筒君身上，特别合适。

九年前，因为一项重要专利的成功，高筒君突发奇想，希望帮助"心有余而力不足"的中国学者。经过朋友的介绍，我们在北京的和平宾馆见面。说实话，第一次见面，双方互不了解，几乎不欢而散。幸亏高筒君理解我们的处境，不太计较我的冷淡，继续保持联系，并不断修正原先"不切实际"的计划。办大学不成，办研究院如何？研究院也不行，那就先开学术讨论会。一旦我们拿出筹办《学人》集刊的计划，高筒君为首的"国际友谊学术基金会筹备委员会"便毫不犹豫地给予支持。

20世纪90年代的中国学界，《学人》的崛起，无论如何是值得关注的"事件"。常有人询问那支持《学人》的基金会的情况，遵照原先的诺言，不作任何宣传。只是在庆祝《学人》十辑出版座谈会上，高筒君没能出席，方才不得不向周围熟悉的朋友略作解释。那时，高筒的企业已经破产，基金会的其他同人伊藤虎丸、

《学人》第一辑

尾崎文昭、高桥信幸、窪田忍等，决心将"《学人》的事业"坚持下去。

　　记得有一年的秋天，高筒君带着整个家族来北京旅行，目的是加深他们对中国的理解，以便支持这项没有任何回报的举动。后来，高筒的企业破产，除了日本经济的急转直下，筹备"国际友谊学术基金会"，肯定是其中一个重要的原因。真不知道高筒君如何面对家族其他成员的责难。大概怕我们过意不去，高筒托高桥君带话：这几年过得很愉快，不必挂念他的未来。

　　就像鲁迅所说的，受伤了，那就隐入山林，自己舔干身上的血迹，养好伤，等待时机成熟，再卷土重来。在此之前，不需要别人的同情与抚慰。说真的，我觉得此举颇具"英雄气概"。

就我所知，像高筒这样的小企业家，略有盈余，就开始"想入非非"，想做点有意义的事情，圆的是年轻时代的梦。这种理想主义者，很容易失败。可这种失败，当得起"凄美"二字。比起功名显赫的政治家，或者财大气粗的慈善家来，像高筒君这样只能"中途退场"的竞技者，很难被历史记忆。但在朋友眼中，他是值得敬佩的"失败的英雄"——努力过，但失败了，这就是人生。

几年不见，下次见面时，照样喝酒品茶，而且"谈哲学"——不谈眼下的成功与失败，也不谈过去的艰辛与苦楚。那时，我们的外语水平大概有退无进，那就只好诉诸"笔谈"了。

当然，也可相视一笑，一切尽在不言中。

1998 年 3 月 15 日于京北西三旗

（初刊《书屋》1998 年第 5 期，日文本刊《人民中国》1998 年第 7 期）

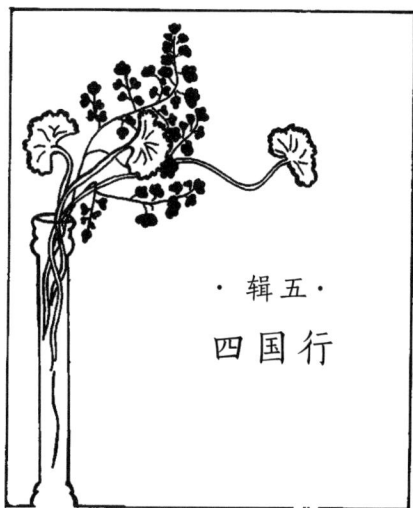

· 辑五 ·

四国行

城市与大学

今年寒假期间，妻子赴日本德岛大学与邵教授合作研究，我于是得以周游四国。这里所说的"四国"，自然是指包含德岛、香川、爱媛、高知四县，北临濑户内海，南濒太平洋，东望本州的近畿地区，西与九州为邻的那个四国岛。在日本四大岛中，本州昂首挺胸，九州、北海道也都赫赫有名，唯独这四国因交通不太方便，经济相对落后，很容易被冷落。畅游日本多次的中国游客，也都不见得会关注这个面积不到两万平方千米、人口也就四百多万的岛屿。

20年前出版《阅读日本》（辽宁教育出版社，1996年），我谈及在日一年的各种游历，独缺此四国岛。好在随着时间推移，四国逐渐进入我的视野——10年前曾在京都大学平田教授陪同下观赏鸣门漩涡，两年前则有专门的阿波舞之旅。这回在德岛逗留20天，才有机会仔细观察这方相对陌生的"乡土世界"。

四国岛山地连绵，据说占全境面积的80%，故历来较为贫瘠。

虽说现在交通状况好多了，有四座大桥将其与本州相连，但出出进进还是颇费工夫。以致不少东京朋友听说我们去四国，都表示惊讶，因为不是每个日本人都有到四国游历的机会的。那天在银座街头漫步，看某大厦里开设德岛、香川专卖店，走进去一看，全是柑橘、红薯、胡萝卜等农产品。我马上明白，这就是东京人心目中的四国。

因境内多山的缘故，四国岛各县之间联系并不紧密，也没有主从关系，真的是各走各的路——德岛受近畿地方影响，香川与冈山接轨，爱媛和广岛对话，面积最大、交通最不方便的高知则只能与东京"遥相呼应"了。缺乏强有力的中心城市带动，四国经济实力较弱。日本不公布都、府、道以及各县GDP排名，但谁都明白，四国岛经济上是比较落后的。我关心的是，富裕国家（2014年日本人均国民产值约3.6万美金，约为中国的五倍）里不太富裕的地区，民众的实际生活水平如何。

逗留德岛期间，我多次出行，不走高速，走县道，且不时停车，目的是就近观察民众的居住、衣着与表情。虽是走马观花，对比我在中国各地的旅行与考察，还是感慨很深。"北上广深"的繁华程度，一点不比东京、大阪差；若论高楼大厦的视觉冲击力，甚至有过之而无不及。中日民生的真正差距，在乡村而不在城市。因工作及发展机遇不同，四国的年轻人也会往东京、大阪等大城市跑，但本地民众依然生活得有滋有味。这一点让我很兴奋。记得在东京的时候，某教授告知，据权威机构调查，四国的民众虽不富裕，但幸福感最强。当我转述这句话时，德岛大学的教授笑了，说这就好像称贫穷的不丹"幸福指数亚洲第一"一样，是一种歧视性的褒扬。可话说回来，他还是承认，在德岛生活很愉快，并不羡慕东京街头那些匆匆赶地铁的白领。

虽然德岛县是日本的一级行政区划，与湖南省结为友好省县，可规模实在不成比例——前者人口80万人，后者则6700万人。县政府所在的德岛市，居民也就25万人，城里少高楼大厦，但文化设施很好，生活也颇为舒适。就在这小城里，有一所自称"三流"，但培养出一位诺贝尔物理学奖获得者（中村修二，2014年）的国立德岛大学。虽然可以远溯至1874年创办的德岛师范，但正规的说法还是从1949年5月成立的国立德岛大学说起。学校以工学及医学见长。目前在这里就读的中国研究生据说过百，中国籍教授也有十多位。学校与15个国家的46所高校建立了学术交流关系，其中包括中国的哈尔滨工业大学（1989）、武汉大学（1995）、复旦大学（2000）、吉林大学（2002）、西安交通大学（2003）、大连理工大学（2007）、四川大学（2008）、南京大学（2008）等。但我知道，大学间签协议，与学部间签协议，意义是不一样的，这里说得比较含糊。不管怎么说，同属国立大学，德岛大学不仅不能跟那些老的帝国大学（东京大学、京都大学、大阪大学、东北大学、名古屋大学、九州大学、北海道大学）相提并论，也远不及东京工业大学、一桥大学、神户大学、筑波大学、广岛大学、御茶水女子大学等。除了学术传统，更重要的是由所在地区及城市决定的。这是没办法的事情，就像今天中国偏僻省份的大学，无论如何努力，也无法和京沪的名校竞争。

酒过三巡，可以说真心话了，我问在德岛大学教书的中国教授王君：若本州某大学邀请，你去还是不去？她的回答是：看什么大学，好大学当然去，一般的就免了。换句话说，没有非走不可的愿望。

问这句话的前提是：因收入及发展机遇差别太大，中国西部各大学的最大困扰是，有本事的教授们纷纷"孔雀东南飞"。日本各国立大学教授的薪水基本一样，有地区差价，但不太明显。东京学术氛围好，竞争也很激烈，若无合适的位置，确实没必要往那里挤。这个说法很得我心——但愿中国的大学，也能有如此合理的布局。

此行主要的学术活动安排在京都与东京，只是德岛大学的教授获悉我暂居此地，坚邀我作了一场"当代中国大学的生机与困境"的专题演讲，并与两位副校长及诸多教授交流心得。老话说得好："由俭入奢易，由奢入俭难。"眼下中日两国大学，前者因连年增加预算，显得财大气粗，做事很有魄力；后者则招生不易，且经费削减（国立大学六年减少10%），不免有些英雄气短。但照我观察，日本的教育（包括高等教育）依旧值得中国人好好学习。

毕竟此行以旅游为主，还是从游客的角度，谈谈这四国的风光及人文。既非旅行达人，也不想当游记作家，舍去畅游四国的具体行程，奉献给读者的是旅行中的若干随想。某种意义上，这是个带着问题上路的游客，心中想着的，依旧是当下中国的处境。

古迹与名胜

　　四面环海，经济不太发达，森林覆盖率高，传统保持较好，毫无疑问，这样的地方适合发展旅游业。说起来容易，真想做，可是关山重重。旅游业的经营，需要天时、地利、人和。最省心的，自然是"靠天吃饭"了。得益于大自然的鬼斧神工，让每一名游客都瞠目结舌，这样的"神奇秘境"，到目前为止，四国还没有发现。换句话说，老天爷并没赐给四国各县发展旅游业的"独得之秘"。只能说，气候好、食物好、服务好，再加上若干名胜古迹，造就了今天四国各县颇为可观的旅游业绩。这可不是政府官员脑袋一拍就能"打造"出来的，需要用心呵护，需要时间陶冶，更需要精雕细刻。好在日本人有这个传统，也有这个耐心。

　　何为"名胜"，《汉语大词典》的解释有二："有名望的才俊之士"；"有古迹或优美风景的著名的地方"。前一个含义，现在很少人使用了；至于后者，则被不断细化，如"百度百科"就称："名胜指具有观赏、文化或科学价值的山河、湖海、地貌、森林、动植物、化石、特殊地质、天文气象等自然景物和文物古迹、革命纪念地、历史遗址、园林、建筑、工程设施等人文景物和它们所处的环境以及风土人情等。"这就可以理解，为何"名胜"的边界如此模糊：若众口一词，则"说你是，你就是，不是也是"。问题在于，游客凭什么听你指挥，跑到这里来花钱？必须是地方民众、服务行业以及政府部门通力合作，着意经营，让本不具有天然优势的"景物"或"习俗"逐渐赚得名声，赢得人气，才能最终"以名取胜"。

因季节不对，我没有去德岛县三好市的大步危·小步危，那景点颇负盛名，不过，我看过照片，此等吉野川漂流，在见多识广的中国游客眼中，实在是小巫见大巫。倒是鸣门市一大一小两个景点，值得推介。名气大的鸣门漩涡，旅行社有专门安排；小的德国馆，资源本身有限，但主办方用心经营，给我留下了很深的印象。

鸣门海峡位于鸣门与淡路岛之间、濑户内海与纪伊水道的会合处，潮水涨落时的落差有1.5米，形成大大小小无数旋涡。据说这是大名鼎鼎的世界三大旋涡之一，游客可蹲在桥上透过玻璃窗观看，也可乘坐观潮游艇就近体验。10年前我来过，因有点晕船，虽有"惊心动魄"，但未"叹为观止"。这是个人身体问题，无关景点评价。春秋大潮乃最佳观赏时机，据说那时中国游客很多。

那座为纪念德国战俘与当地民众文化交流而建设的德国馆，

对于日本人来说，这是"第九"首演的地方，而更重要的是，体现了那个时代日本人的学习精神与文化自信。"一战"爆发后，日军很快占领了青岛，约4700名德国战俘被押送到日本的12个收容所。而位于四国的三个收容所后合并为坂东收容所，大约有1000名战俘在此度过了三年监禁岁月（1917—1920）。出于对欧洲文化的景仰，战俘营的管理者允许德国战俘成立管弦乐队，在战俘营内外举办了一百多场演出。从自制简单乐器的自娱自乐，到成套购买、组织乐队、加强训练，乃至最终在日本首演贝多芬第九交响乐全部乐章。这一过程，使战俘们获得了人的尊严，战俘营也从此平安无事。这座1972年初建、1993年重建的德国馆里，展出了不少演出海报、自办杂志以及战俘生活及演出的老照片，还有就是剧场模型——时间一到，帷幕徐徐打开，模拟演出开始了。单就展览布置而言，应该说很精彩。可很自然地，我会联想起曾获第30届奥斯卡奖最佳影片、表现"二战"中英美战俘生活的《桂河大桥》。或许，战争的追忆及阐释本就很复杂，就看你选的是哪一段，以及采用何种立场。

说实话，像德国馆这样的小景点，只能吸引对历史文化特有兴趣的小众。相对而言，四国游中名气较大的，还属爱媛县的松山城与香川县的栗林公园。

爱媛县的松山城，1603年初建，而后多次"浴火重生"，乃四国最大名城，拥有21栋重要文化财产，在当地自然是了不起的名胜了。我游览那天，天气好，游人不多，从二之丸古迹庭园开始往上攀爬，沿途观赏风景，一直看到天守阁的诸多陈列，还拍了许多照片，很是愉快。可你要问我，值不值得专门赶去，我会有点犹豫的。因为，松山城虽名列日本三大连郭式平山城楼，也很好看，可比起我以前参观过的姬路城（1993年被联合国教科文组织评为世界文化遗产），无论规模还是保存程度，都远远不及。要说周边风景以及历史传说，也都不如我曾走访过的大阪城、熊本城等。好在松山市是四国岛最大的城市，旅游景点不少，包括大名鼎鼎的道后温泉等，再加上松山与上海间有直航班机，路上还是遇见不少中国游客。

同样是"崔颢题诗在前头"，香川县高松市的"特别名胜"栗林公园则让我喜出望外。为什么这么说？此前观赏过日本的三大名园——冈山的后乐园、水户的偕乐园以及金泽的兼六园，自以为眼界很高，不把"名落孙山"的栗林公园放在眼里。直到亲临其境，方才知道不该过分轻信旅游指南。

从17世纪20年代开始造园，经历代藩主不断打磨，到明治维新后向民众开放，再到1953年被指定为国家"特别名胜"，栗林公园这一形成史，只对有"历史癖"者起作用，我相信，绝大多数游客是"英雄不问出处"的。比起声名远扬的日本三大名园来，栗林公园的最大好处是倚靠颇为粗豪的紫云山，在雕琢与自然之间保持了某种张力，清幽而不失淳朴。另外，园内许多景点的命名，

松山城观光纪念

栗林公园

刻意凸显其与中国文化的联系，如西湖、赤壁、掬月亭、小普陀、飞来峰等。站在飞来峰上眺望南湖，近景偃月桥，中景掬月亭，远景紫云山，再加上湖中撑着小船的现代渔夫，构成了一幅很美的图画。我模仿说明书封面拍的照片，获得不少朋友的点赞。

那天游园，有邵、范二位地主作陪，本想在藩政时代藩主招待贵宾的大茶屋掬月亭赏景品茗，费用不贵，每人700日元，折换成人民币不到40元，完全可以接受。如此风雅，就像周作人说的，"在不完全的现世享受一点美与和谐，在刹那间体会永久"(《雨天的书·喝茶》)。可天公不作美，那天风很大，席地而坐太冷，只好作罢。

一步一景，变幻莫测，此乃中日园林的共同理想。不说那六湖十三假山，单提这1400株郁郁葱葱的黑松——这种原产日本及朝鲜的黑松，如今在中国沿海地区也有引种。说明书上称，其中约千树是经过精心整修的。其实不用提醒，一眼就能看出来，如此盘曲造型，纵横交错，冠盖如伞，古朴苍劲，不可能是自然生长，须多年造型，方有此效果。谈及日本公园里那些因攀扎造型而树姿古雅的松树，不能不提中国人的喜欢"病梅"，因同是"以曲为美，直则无姿；以欹为美，正则无景"。可在清人龚自珍撰写《病梅馆记》之前，早有日本作家发出类似的感叹。那位周作人很喜欢的镰仓末期著名歌人、散文家吉田兼好（1283—1352），其《徒然草》中提及某贵族雨宿东寺门，见残疾者手足扭曲显得丑陋，由此悟出"朴实平凡方为贵"。"回家后，又想：近日好盆栽，求异形曲折以悦目，实与爱彼残疾者无异，不禁兴致索然，乃掘起盆中树，尽弃之。固当如是。"（李永炽译本154页，台北：合志文化事业公司，1988年）。这与龚自珍的"纵之顺之，毁其盆，悉埋于地，解其棕缚；以五年为期，必复之全之"，可引为隔代知音。不过，既讲园艺，必有剪裁，小至盆栽，大至名园，无不有所扭曲与变形。在人工与自然之间，保持一种必要的度，既不过分戕害植物，又符合一时代的审美趣味，这才是园林艺术的精髓。

随着廉价的春秋航空开通上海至高松的往返航线，到四国旅游的中国人明显增加了。而走出机场，最容易撞进去的，便是此"特别名胜"栗林公园。

文学碑与纪念馆

　　对于发展旅游业来说，历史人物无疑是极为重要的资源。所谓名人效应，本地出生最好，曾在此居住也算。限于学识及趣味，我所了解的四国人物，包括香川县的弘法大师空海（774—835）、高知县的坂本龙马（1836—1867）、岩崎弥太郎（1835—1885）、爱媛县的正冈子规（1867—1902）、夏目漱石（1867—1916），以及德岛县的鸟居龙藏（1870－1953）。这里涉及宗教、政治、经济、文学、学术等领域，且历史跨度很大。你可以说这些人物的重要性不在一个层面上，可对我这样非专业的外国游客来说，只要"久闻大名"，就值得探究。

　　空海大师太伟大了，以至不便放在游记中讨论，只好在下面谈巡礼路时稍为涉及。高知县安艺郡井口村有近代日本第一财阀、三菱集团创始人岩崎弥太郎的故居，一是不顺路，二是我参观过位于东京大学附近的三菱史料馆，也就没必要再去寻寻觅觅了。不过，我对三菱史料馆中那幅岩崎弥太郎手书的范成大诗句"学力根深方蒂固，功名水到自渠成"印象很深。意思浅白，但笔力遒劲，明治时代的商人，有如此汉学修养，实在让人惊讶。路过松山而没去参观子规纪念博物馆，是我此行最大的遗憾。我之了解出生于松山市的"近代俳句之父"正冈子规，不是因为司马辽太郎的《坂上之云》，而是借助日本文学史，另加一点东京大学的故事。

1884 年正冈子规入读东京大学预科，同学有夏目漱石、尾崎红叶等，日后都是著名文学家。我在收入《阅读日本》的《文学碑》一文中提及，在日本旅游，你会发现"文学碑多而政治家的功德碑少"，这很能说明一个民族的趣味。在中国，凡鲁迅居住过一年半载的地方都有纪念馆；日本也一样，凡夏目漱石生活过的地方也都有纪念物。1895 年，东京人夏目漱石辞掉东京高等师范教职，来到爱媛县松山中学教英语，第二年转熊本市第五高等学校任教。因在熊本市住了四年多，那里有夏目漱石纪念馆，这是很自然的。二十多年前我去参观，那时中国游客极少，还被误认为韩国人，今天想必是"天翻地覆慨而慷"了。

夏目漱石在松山时间不长，但因 10 年后撰写的中篇小说《少爷》（又译《哥儿》，1906）在日本家喻户晓，故为当地旅游业创造了无限商机。据说有 3000 年历史的道后温泉，1894 年建成了三层木结构的本馆。夏目漱石非常喜欢，把它写进了《少爷》中。如今，这温泉馆里有一间夏目漱石纪念室，陈列着大文豪的照片、

夏目漱石《少爷》之碑

塑像、书桌、笔墨等，好让游客在泡温泉时穿越历史时光，接受文学熏陶。温泉馆附近有一"漱石《少爷》之碑"，上刻夏目漱石照片，还有一小段小说文字。至于商业街的入口处，更有根据小说创作的人物群像，游客很喜欢在此留影。而松山市里那早已被淘汰、十几年前为吸引游客而重新复活的"少爷列车"，终点站便是这大名鼎鼎的道后温泉。

在《现代日本小说集》的附录"关于作者的说明"中，鲁迅称："夏目的著作以想象丰富，文辞精美见称。早年所作，登在俳谐杂志《子规》上的《哥儿》《我是猫》诸篇，轻快洒脱，富于机智，是明治文坛上的新江户艺术的主流,当世无与匹者。"(《鲁迅全集》第十卷第216—217页,北京:人民文学出版社,1981年)这里说的是夏目漱石的文学成就,至于《少爷》(《哥儿》)的商业价值,鲁迅肯定想象不到。其实,这并不奇怪,鲁迅身后也被商家很好地利用了。如1894年鲁迅堂叔周仲翔等在绍兴城内都昌坊口开设一家取名"咸亨"的小酒店,可惜经营不善,几年后就歇业了。但因被鲁迅写进了小说《孔乙己》《风波》和《明天》等,原本短命的"咸亨酒店",居然"不朽"起来了。以至1981年,在纪念鲁迅先生诞辰一百周年之际,老店重开,且得到很多文人学者的赞誉,最后越说越神,越做越大,竟发展成为在北京、上海、深圳等地有30家分号的著名企业。

原本也有几分姿色的山水、建筑或场景,因小说家的生花妙笔而名扬天下,最终成了当地发展旅游业的法宝,这样的好事不胜枚举。至于历史人物之吸引广大游客,"丰功伟绩"往往不敌"浪漫故事"。比如,出生于土佐藩(高知)的倒幕维新活动家坂本龙马,原本名望不算很高(相对于同时代诸英雄,包括其老师胜海舟等),只是群星中不太明亮的一颗。但因众多小说、漫画、电影、电视剧的着力渲染,如今成了最广为人知的维新英雄。记得1992年为中日邦交正常化20周年,中国京剧院还改编移植了大型京剧《坂本龙马》。在四国旅行,多次进出居酒屋,经常见到那位饰演坂本龙马的明星照片,真说不清到底是谁沾了谁的光。

坂本龙马的最大功绩是促使萨摩与长州二藩成立军事同盟，以及提出大政奉还的方案，可真正让他名扬四海的，除了"船中八策"，还有早年的练习剑术，以及英年早逝——暗杀之谜至今未解，更是提供了无限遐想的空间。坂本龙马之所以成为传媒以及艺术家的宠儿，或许正因其不确定，充满神秘感，便于驰骋想象，用来寄托各自的理想，故其形象越来越高大。

来到位于桂滨的坂本龙马纪念馆，首先赞叹的是建筑与人气。这幢1985年为纪念坂本诞辰150周年而筹建，六年后建成的纪念馆，面向太平洋，风景极佳，造型也很奇特（以海船形象设计），据说曾获公共建筑优秀奖。至于游客之多，出乎我的想象，尤其是充满朝气的少男少女。纪念馆讲述坂本龙马疾风骤雨的一生，展品中以长卷书札最为精彩（据说其中若干被指定为日本重要文化遗产），至于1867年11月15日在京都近江屋遇刺的房间里那溅有血迹的屏风与挂轴，虽很能烘托气氛，却只是复制品。我关注的还有当年的读物，那可是日本开国的最好见证。

走出纪念馆，穿过两个小山岗，在濒临太平洋的海岸边，矗立着高大的坂本龙马铜像。周边松树环绕，眼前是浩瀚的大海，坂本高高在上，眺望远方。铜像基座太高，山冈上平地又太少，游客拍照或观赏均不太方便。当然，若你设身处地，移情替入，这铜像还是很能显示这位少年英雄的襟怀与志向的。

四国行中，拜访了大大小小不少纪念馆、博物馆，其中最得

我心的，反而是名气不太大的德岛县立鸟居龙藏纪念博物馆。一
是关注学者，二是牵连燕园，三是展览的专业水准。那天的游览，
从市中心出发，先看鸟居龙藏的出生地，那里立有一小块方碑；
再看德岛市新町小学，那是鸟居龙藏童年读书的地方。最后才在
馆长先生的陪同下，仔细观看一楼的开馆五周年特别展，以及二
楼的常设展。主人的这一安排，其实大有深意，其玄妙之处，是
在我读馆的过程中逐步体会到的。

1870 年生于德岛、1953 年卒于东京的鸟居龙藏，是日本著
名的民族学家、人类学家和考古学家。与此前只是潜心书斋的众
多学者不同，鸟居龙藏注重实地调查，五十多年，在东北亚辽阔
的土地上，考察各民族的历史、体质、语言、宗教、习俗等。尤
其是其中国西南部人类学研究、台湾少数民族的田野调查，以及
晚年对辽代历史文化的探究，今天仍为许多中国学者所积极引
证。只是术业有专攻，那十二卷《鸟居龙藏全集》(朝日新闻社，
1975—1976)我连翻阅的机会都没有，这里能说的，是周边的故事。

因鸟居龙藏自传《ある老学徒の手記》流传甚广，大家都知
道他小学没念完，日后全凭自学，奋斗成了国际著名学者。这回
的特别展，最得意的是找到了明治十六年（1883）新町小学校发
给鸟居龙藏的毕业证书（相当于现在的初中），证明此传奇颇有渲
染。另一个我感兴趣的故事是，1924 年，鸟居居然辞去了东京大
学教职，自己成立了"鸟居人类学研究所"。这么说不怎么好玩，

这回展出了这个"学问的家族"，包括妻子、长男、长女、次女、次男各自的研究成果，方才值得细说。当初研究所成立时，长男龙雄 19 岁、长女幸子 17 岁、次女绿子 14 岁，次男龙次郎 8 岁。这些孩子自幼跟随父母走南闯北，协助进行田野调查，并在父亲手把手的指导下，逐渐进入学术领域。我杞人之忧，首先想到的是，辞职办研究所，鸟居一家如何生存？偶有承担政府委托项目的机会，但主要还是雄厚的家庭经济实力。站在出生地纪念碑前，葭森教授告知，鸟居家原是德岛烟草批发的大商人。这我就明白了，所谓不计得失、为学术而学术，其实是有前提条件的。

特别展中大量的手稿及实物，对于观众了解鸟居的学术历程及贡献很有帮助。到了常设展，声光电化齐上阵，更有直观性，也更具冲击力。真没想到，一个专业性很强的学者的展览，竟能做得这么好看，让我这样的外行也都流连忘返。

唯一显得我不太外行的是，在鸟居龙藏的国际影响部分，展出了安志敏在《考古学报》上发表的《北京时期的鸟居龙藏》，而我恰好读过安志敏女儿写的文章，其中提及她父亲当年如何向在燕京大学任教的鸟居龙藏问学。还有就是挂在展厅显著位置的邓之诚赠别诗，这我倒是能多说几句。

1939 年鸟居龙藏来到中国，任燕京大学客座研究教授。我们在陈毓贤《洪业传》(北京：商务印书馆，2013 年)里读到，"每年 5 月藤萝花盛开时，洪业和邓之诚请了些能吟诗作赋的老先生

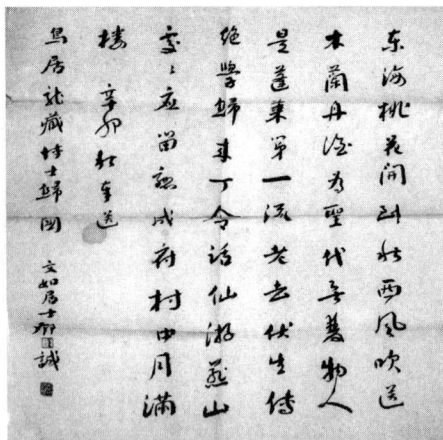

邓之诚赠别诗

来一起开藤萝花会，饮酒作诗"，这些文人雅士中，就包括了鸟居龙藏。1951年，因政治形势变化，鸟居决定回国，老朋友、燕大同事、著名历史学家邓之诚十分关切，在日记中留下了好多印记。现据《邓之诚日记》（北京图书馆出版社，2007年）摘录如下：

　　1951年六月二十三日（七月二十六日）：下午，招徐献瑜来弈棋，言昨日校务会议，翁［独健］报告：须有鸟居行资，已得教部张忠麟同意，以为有关国际宣传，不妨从优也。

　　1951年六月二十四日（七月二十七日）：晚，翁独健来电话，言欲送鸟居行资一千万。

1951 年八月初十（九月十日）：成《送鸟居诗》，王壬翁所谓凑成亦可观也。

《送鸟居龙藏归国》

东海桃花开到秋，西风吹送木兰舟。

酒为圣代无双物，人是蓬莱第一流。

老去伏生传绝学，归来丁令话仙游。

燕山处处应留恋，成府村中月满楼。

1951 年八月十二日（九月十二日）：此诗送鸟居，并托带《延昌地形志》钞本三册，纪念册一册，觅桥川时雄还之。云：桥川已没，当还诸其家，了我一心愿。

1951 年十月二十五日（十一月二十三日）：鸟居父女来辞行，二十九号放洋，直航日本。

半个多世纪后，我来到德岛，观看此鸟居精心保留的老友临别赠诗，遥想当年藤萝花会，以及鸟居回到日本后的经历，确实是"燕山处处应留恋"。

阿波舞与巡礼路

　　荒武教授很热情，开车带我们到远近闻名的古街脇町游玩。可说实话，这条因蓝染而繁荣一时的"卯建古街"，虽入选"日本街道100选""美丽的日本历史风土100选"，但不及我们的江南古镇成规模、有气派。平日这里是否游人如织，我不清楚，但我到的那天，因飘着小雨，且不是假期，古街上冷冷清清。我感兴趣的是那位本地出生、日后在中国工作17年、与罗振玉及王国维关系极为密切的著名史学家藤田丰八。至于一般中国游客，除非你对阿波蓝靛情有独钟，或对江户历史文化特别有兴趣（此乃系列电视连续剧《水户黄门》外景地之一），否则，不会大老远跑来这里观光的。

　　走进古街上的美马市观光文化资料馆，拿到的是中文版《蓝色纪行——世外桃源微风之邀》。脇町距德岛市45千米，附近没有更知名的景点，在我看来，这本印刷精美、16开24页的观光

德岛阿波舞

指南，是为 10 年后的中国游客定制的。如此未雨绸缪，深耕细作，是日本旅游业最值得赞叹的地方。

要说四国旅游的最大亮点，当属德岛的阿波舞。别的景点与仪式的知名度都是地区性的，只有阿波舞的声誉是世界级，可与里约热内卢的狂欢节相提并论。每年的 8 月 12—15 日，全日本乃至全世界热爱阿波舞的人们，就会从五湖四海跑过来，聚集在狭小的德岛市，参与众多激情表演。这个二十多万人口的小城，只有六千多床位的旅馆，一下子挤进了 130 万（4 天）游客，如何得了？于是，每年提前半年预定旅馆，都是很严峻的考验。前年，在德岛大学教书的邵君为我们预定旅馆，是在开放预定的第一时间，奋力"冲刺"才完成任务的。这是个两难的困境，平时旅客不多，不便建太多旅馆；这么一来，旅游旺季必定一床难求。于是，很多游客只能跳完舞，开车到附近的城镇住宿。

盂兰盆节期间跳阿波舞，在日本据说已经有四百多年历史，各地风俗大同小异，但舞蹈以德岛最为著名。昭和初年开始定名，且作为旅游项目来刻意经营，至今也有九十载光阴。不用说，这么一来，阿波舞必定逐渐脱去了宗教意味，变成了盛夏时节的人间狂欢。前年我们夫妻曾慕名前来观赏，且随朋友换上了日本服装，参与街头的训练与舞蹈，印象极深。这回故地重游，才注意到小城里有各种关于阿波舞的塑像、招贴、时钟以及工艺品。可以说，这个城市的形象设计，一切围绕阿波舞来展开。朋友见我们这么感兴趣，提议去看阿波舞会馆。

那是一座五层楼的现代建筑，一楼卖德岛土特产，二楼阿波舞大厅，三楼博物馆，四楼活动室，五楼是通往眉山山顶的缆车站。阿波舞大厅有 250 个位子，每天都有演出，我们到的时候，离演出还有一个多小时，妻子和朋友转身看土特产去了，我则盯住电视里的阿波舞演出实况。前年"参与演出"，明明很兴奋，如今观赏舞台演出，却越看越平常，无论动作还是音乐，都过于单调。等妻子买东西回来，我已决定打道回府了。

事后想想，是我不对，不该用"舞台演出"的眼光来欣赏与评判。正因为音乐及舞蹈简单，容易模仿，才能让众多未经训练的游客积极参与，这才有狂欢节的意味。另外，要想推广这种"群众艺术"，又必须有专门机构。阿波舞会馆之所以坚持每天演出，以及收藏各种历史资料、组织讨论会、出版研究著作，都是为了培养公众的兴趣。

说起阿波舞，参与者都很得意。记得前年在街头随大流涌动，旁边是位在大阪工作的厨师，说他每年都来，很盼望这个节日，连续几天跳下来，一年的辛苦与晦气一扫而空。我观察到，参与跳舞的本地民众非常投入，和中国大陆各景点篝火晚会上的舞者不太一样，热情之外，还能感觉到发自内心的喜悦。这很重要——是自己的节日，而不是表演给顾客看的。没有"文化搭台经济唱戏"的意味，纯属自娱自乐，不收门票，也不推广任何商品。当然，德岛因此而"走向世界"，还是有很大的好处。

发展旅游业，有天生丽质，一出现就让人拍案叫绝的；但更多的是精心打扮，不断推广，而后才逐渐被世人认可。这就说到了正积极筹划，准备冲击世界文化遗产的"四国88所灵场及遍路道"。

到过四国的朋友，肯定都会注意到那些头戴圆笠，身披白色法衣，手持藤杖的巡礼者。法衣或藤杖上都写着"同行二人"，表示巡礼路上弘法大师（774—835）与你同行。这位俗名佐伯真鱼，灌顶名号遍照金刚，谥号弘法大师的空海和尚，曾到中国学习密教，公元806年回国创立佛教真言宗，且著有《文镜秘府论》等，在日本及中国，都备受尊崇。而巡礼这88所与空海相关的寺庙，全程将近1500千米，徒步走，大概需要50天，这在日本佛教徒看来是一种功德。我参拜过位于德岛县鸣门市的灵山寺，那是88所中排名第一的，很是热闹；而来到爱媛县的前神寺，可就清幽多了，空荡荡的停车场，正从出租车里挪下两位互相搀扶的老人。当然，这里用的是游客的眼光。若是真诚的宗教徒，不会计较人多还是人少的。

在日本，"大师"一词多专指空海，可见世人对其无限敬仰。这位著名高僧的诞生地善通寺，就在香川县，可惜我无缘拜谒。作为游客，我羡慕那些为了修行而走在巡礼路上的日本人。哪一天这"遍路道"申遗成功，说不定会有很多外国人远道而来，以游客兼香客的身份，加入"巡礼大军"。因为，以车代步，据说五六天就能走完，还可以拿到寺院盖章的证书。供在家里，其保佑家人平安的法力，想必比登长城的"好汉证书"管用。

2016年3月14日于京西圆明园花园

（初刊《书城》2016年第5期）

初版后记

　　将社会与人生比作"大书"，图书馆里收藏的，也就只能定义为"小书"了。借"大书"参悟"小书"，或者以"小书"品味"大书"，此乃读书人的常态。所谓"读万卷书，行万里路"，或者"世事精明皆道理，人情练达皆文章"，常被世人挂在嘴上，真正落实起来却不容易，弄不好大书、小书全耽误。抱着名胜词典、口中念念有词的游客，或者按图索骥、打破砂锅问到底的专家，我都深表钦佩，又都略感遗憾：其开口见喉咙的观赏思路，以及过分僵硬的阅读姿态，都显得不够"优雅"与"洒脱"。

　　"阅读"这一行为，在我看来，本身就具备某种特殊的韵味，值得再三玩赏。在这个意义上，"阅读"既是手段，也是目的。只是这种兼具手段与目的的"阅读"，并非随时随地都能获得。即便是擅长读书者，也常有状态欠佳的时候。我不大相信苟能立志，读书便与"天时、地利、人和"无关的说法。在一个恰当的时空，碰到一个契合你心境及趣味的阅读对象，而且你有足够的时间及知识准备来仔细品尝，这样的机遇并不常有。

作为"专家"，我还会埋头书海，皓首穷经；作为"游客"，我又常天涯海角，走马观花。后者太飘浮，前者太沉重，都不是理想的阅读状态。有时突发奇想，如果给我一年时间，允许不带任何功利目的，完全凭个人兴趣读书，那该多好！对于积蓄无多、当不起隐士的现代人来说，这一本来极为平常的阅读方式，反而显得有点近乎"奢侈"。

不过，老天不负有心人，机会终于还是来了。

在日一年，除了继续专业研究，更多的时间和兴趣集中在我所不熟悉的日本社会与文化。坐在东京街头随处可见的小酒馆里，与日本朋友畅谈上下古今、"东西""南北"，或者大太阳底下，与妻子骑单车在京都的大街小巷里游荡，迷路时再掏出地图确定方位，这种感觉真是好极了。就像钻到邻居的花园里胡乱转悠的小孩子一样，出于好奇，也会偷摘一两朵自家没有的玫瑰，但不准备做植物学鉴定。不管此前还是此后，我都不是、也不敢冒充是日本学专家。

正因为连"日本学"的门槛在哪儿都不知道，也就没有入门与否的焦虑。这是一次介乎"专家"与"游客"之间的愉快的"阅读"。或者说，是一个"训练有素"的"外行"在"看风景"。

"看风景"既是象征，也是写实。以我可怜的日语能力，对日本的阅读，得益于大大小小的图书馆，更得益于东西南北的旅行。面对古寺、红梅，或者用汉字书写且"犹存唐代遗风"的匾额（周作人《苦竹杂记·日本的衣食住》），真有"宾至如归"的感觉。可看着看着，"熟悉"的外观渐渐退去，骨子里的"陌生"让我震惊。那些从书本上得来的中日文化交流佳话，以及初次访问时的似曾相识感，似乎涵盖不了眼前的风景。终于有一天，明白了一个简单的道理：并非每个中国人，都有谈论日本的资格。日本对于我，就像罗兰·巴特的《符号帝国》所描述的，也是"遥远的国度"。

也只是这种"遥远"的感觉，刺激了我阅读的兴趣。明白日本文化不是中国文化的"复制品"，我的"外行"身份也就不证自明。努力去体味、去鉴赏另一种文化，这既需要学识，更需要好奇心。学识我谈不上，好奇心却"大大的有"。明知永远成不了日本学专家，还是津津有味地阅读"日本"这本大书；如此如痴如醉，连我自己都觉得好笑。一开始还自我安慰：这种节外生枝的阅读，对我的专业研究会有潜移默化的影响，做学问不就讲究触类旁通吗？很快地，意识到不该如此"动机不纯"，干脆放下包袱，轻装上阵。承认此乃"自己的园地"，不必上税，也就不必过分计较收成。

很高兴自己没有被专业化完全剥夺了对新鲜事物的兴趣，还能为一本陌生的大书而激动，并且不计成本地投入大量的时间和精力。尽管从经济学角度考虑，这绝对得不偿失，可作为一个活生生的人，我愿意"轶出常轨"，为这一愉快但不明智的阅读付出代价。

比起径行独往、无法无天的大侠来，我的"轶出常轨"实在微不足道，而且只是暂时的。就好像比赛中间的暂停，只是为了让运动员调整一下呼吸，本身并不具有独立的意义。回到国内，我又成了"专家"，整日为承当的研究课题而埋头书海，难得再有时间和心境顾及我的业余爱好。很想把心中的风景完整地描画出来，可惜时不我待，只好允许其"半路出家"。不像断臂的维纳斯女神塑像，这里的残缺，不具备古雅的韵味或神秘的美感，只证明作者的写作缺乏恒心与连贯性。在对读者表示歉意的同时，我暗暗下了决心……既然决心只是"暗下"，又何必公之于众呢？

还必须说说"训练有素"，否则显得不够真诚。不同于一般游客，我对日本的历史文化毕竟有所了解，而我所关注的晚清以来中国文人的在日足迹，更成了最好的导游手册。虽然此"训练"非彼"训练"，我的专业知识基本无助于我对日本的了解，但我的专业训练使得我比较容易进入"课题"。更重要的是，每当我欣赏一幅风景，或者阅读一段史迹时，不自觉地，总是以我的知识背景为参照系。至于思考问题的方向，更是受制于当下的生存处境及精神需求。尽管我是日本学的外行，也充满了儿童般的好奇心，却并非天真纯洁得如一张白纸。说到底，"前理解"决定了我的阅读策略及方向。

这种解不开的"中国情结"，使得眼前的问题与心中的困惑不断对话，往往出现旁人难以理喻的"风云突变"。说是在"阅读日本"，又好像在借日本"阅读中国"，这种视角的转移，连我自己也无法准确把握。比如，我会在小酒馆里与日本朋友脸红耳赤地辩论所谓"东方的崛起"，或者有意挑起关于知识分子历史命运的话题，甚至选择"日本的剑豪与中国的侠客"作为演讲题目。当时的感觉似乎是"友情出演"，事后才明白乃"主动出击"。为何有的话题我马上插嘴，而且手舞足蹈，以求冲破隔阂；有的则老是听不懂，即便听懂了也无法进入最佳工作状态。除了语言表达能力，还有阅读趣味在作怪。

正是这种"问题意识"，决定了这半部书稿之对待日本文化，注重体味而不是批评。得知我在撰写访日观感，曾有朋友表示愿意译成日文发表，条件是"痛下针砭"，以便警醒"狂傲的日本人"。我没有采取这一策略，原因是意识到自己的阅读，受制于"中国的"而不是"日本的"问题。借用鲁迅《〈出了象牙之塔〉后记》中语，我的写作，"并非想揭邻人的缺失，来聊博国人的快意"。在我看来，每个国家的知识者，都应该首先关注并鞭责本国政治生活及精神文化的发展，学有余力，方才"负有刺探别国弱点的使命"。我对日本的阅读，带有浓厚的中国问题意识，尚停留在借日本"阅读中国"的水平，这也是我自居日本学"外行"的原因。另外，作为"旅人"，心境超然，不同于生于斯长于斯的"国民"，对异国生活及情调多取鉴赏态度。鲁迅赞赏厨川白村对本国世态"一一加以辛辣的攻击和无所假借的批评"，但也称："我先前寓居日本时，春天看看上野的樱花，冬天曾往松岛去看过松树和雪，何尝觉得有著者所数说似的那些可厌事。"

自忖没有本事兼及中国与日本、大众与专家，于是有了以上种种自我辩解。这种写作策略，与当下本人的心境相通，没必要另外去"深化主题""转换视角"，因而显得相对轻松与洒脱，与前面提及的对优雅阅读姿态的追求大致吻合。

书名《阅读日本》，本不该冒出第四辑所录文章。与其费尽心机打圆场，不如老老实实承认：此乃不得已而为之。

虽说随笔集不同于学术专著，不一定非绕着一个题目打转不可；可没能完成预订计划，心里总不是滋味。

挑了几篇题外之文，一来充篇幅，二来也可见笔者对于"文"与"学"关系的思考。对我来说，探讨中国散文的艺术特征及发展途径，既是一个学术课题，也是一种自我训练。但愿题目的"学究气"，不至于吓跑那些更欣赏"才情"、更追求"潇洒"的朋友。

至于褒贬晚明小品、桐城文章，或者评述学者之文，并非拉大旗做虎皮，暗示自家文章"别有渊源"。我想，这点嫌疑总该可以避免的吧？

题为"结缘小集"，自然是源于周作人的《结缘豆》。像《燕京岁时记》所述的，于佛诞日"煮豆微撒以盐，邀人于路，请食之以为结缘"，这种雅事如今难得一见，不过，学周氏以文代豆，与读者结缘，倒是不妨试试。

1995 年 6 月 21 日初稿，7 月 17 日改定

作者简介

陈平原，广东潮州人，文学博士，北京大学博雅讲席教授（2008—2012年任北大中文系主任）、教育部"长江学者"特聘教授、中央文史研究馆馆员、国务院学位委员会学科评议组成员。2008—2015年兼任香港中文大学中国语言及文学讲座教授（与北京大学合聘）。曾被国家教委和国务院学位委员会评为"作出突出贡献的中国博士学位获得者"(1991)；获教育部颁发的第一、第二、第三、第五、第六届高等学校科学研究优秀成果奖(1995、1998、2003、2009、2013)等。先后出版《中国小说叙事模式的转变》《千古文人侠客梦》《中国现代学术之建立》《触摸历史与进入五四》《作为学科的文学史》《左图右史与西学东渐》《大学何为》《抗战烽火中的中国大学》等著作三十余种。

生活·读书·新知三联书店刊行陈平原编著

《北大旧事》（与夏晓虹合编），1998年；

《茶人茶话》（与凌云岚合编），2007年；

《学者追忆丛书·追忆蔡元培》（与郑勇合编），2009年；

《学者追忆丛书·追忆王国维》（与王风合编），2009年；

《学者追忆丛书·追忆章太炎》（与杜玲玲合编），2009年；

《王瑶先生百年诞辰纪念论文集》（与温儒敏合编），2014年。

《看图说书——中国小说绣像阅读札记》，2003年；

《从文人之文到学者之文——明清散文研究》，2004年；

《当年游侠人——现代中国的文人与学者》，2006年；

《学者的人间情怀——跨世纪的文化选择》，2007年；

《北京记忆与记忆北京》，2008年；

《假如没有文学史……》，2011年；

《花开叶落中文系》，2013年；

《自序自跋》，2014年

《大学小言——我眼中的北大与港中大》，2014年；

《刊前刊后》，2015年；

《大英博物馆日记（外二种）》，2017年；

《阅读日本》（增订版），2017年